崩壞國文

長安水邊多魯蛇？唐代文學與它們的作者

謝金魚——著
燕王——插畫

獻給一百五十年前的謝金魚先生
謝謝你當年跑路來台灣
不計較我用你名字當筆名
你真是好人
我會燒一本給你當紀念
如果你不識字的話
叫我阿公、你的柑仔孫講給你聽

推薦序

歡迎收看古代狂新聞

祁立峰

雖然這樣說好像有點肉麻，但我和謝金魚貌似有些相逢恨晚的感覺。我初次知道其名是她的歷史小說《拍翻御史大夫》，也就此際聽聞了她的另一個封號——「古典ＢＬ教母」。大家也知道我當年還算是以鄉民、蛇蛇、肥宅自居，畢竟是踩在一個阿宅的位置上，有一種「哎唷那種有腐腐的我不要」情結，於是就錯失了進一步成爲金魚粉絲的機會。

更熟識金魚後才知道她專長是唐代史，尤其研究中唐、敦煌學，以及粟特族這幾個極專業的學門。且親身與金魚合辦活動才發覺，她文獻閱讀量非常巨大且扎實，外加思路清晰口才便給，反應更是電轉心念，我不禁想若她來大學開這類普及的通識課，恐怕是幾百人的階梯教室都得為之爆滿的程度。

我們雖常說「文史不分家」，但事實是歷史出身的學者，對古籍之解讀考據與訓練，那更是拳拳到肉絲毫不馬虎。人家說歷史求眞，文學求美，但反身來說文學難免耽溺輕豔、流連光景，什麼詩有可解、不可解、不必解的，鏡花水月、出水芙蓉，反正我是信了。

其實歷史的普及書起源甚早，我印象中自己看的第一本歷普大概是黃仁宇的《萬曆十五年》，或許對嫻熟新歷史主義和年鑑學派等理論基礎的讀者早就司空見慣，但我初讀此書，竟然以四海昇平無事的一年作為切入點，其震撼難以言喻。後來我又讀了幾年書，不敢說什麼眼界遂大，但逐漸發現以前我們以史傳，以文謅謅的冷筆，以「隱公元年春正月」之類的《春秋》書法所記載的事蹟，雖然並非贗造，卻只是現實的一個側面。就像王力宏那首歌，歷史浮游之光可鑑人湖面的底層，還有多的是我們不知道的事。

看金魚的文章，會有一種充盈與飽滿的知識幅度快速閃爍的畫面，換成鄉民的說法就是「哏哏相連到天邊」；而換成《中華一番》裡的情境就是吃到大熊貓魔術豆腐、飛龍與仙女齊飛那麼繽紛不暇給的橋段。我想這也就是「故事：寫給所有人的歷史」所強調的知識含金量。

我覺得就像《崩壞國文》這本書的定位，普及寫作者的意欲原本就不是將這些古代聖賢拉下神壇，而是讓聖賢與我們的生活更爲貼近。他們就如同現代人，有日常的言行，有口腹的貪慾，有現世的情慾糾結。換言之，這些名流史傳，課文裡「作者介紹」寫得道貌尊尊，旁邊的作者畫像偉岸莊嚴（卻總被同學塗鴉複寫）的大文豪、大作家、大詩人，就如同我們是一般人。他們吃喝拉撒，有愛有恨，既有刎頸交，也有好基友（我在說什麼）。

至於《崩》書中的知識量就更不消說了，像韓愈柳宗元的蝦蟆肉大餐，像杜甫收到護唇膏的雀躍少女心，或中唐渣男元稹的情史……各種陸離迷幻的史實被金魚給召喚了出來，都讓我讀後頗有收穫。

《崩》書中所引述的事蹟，椿椿件件皆有所本，都眞到不能再眞。只是以前的國文課多半讀不到。老師不能教、課本不敢寫當然有其背景因素，或許是趕課時數壓力，或許也可能礙於教忠教孝文化傳承、繼往聖而開太平的使命。

當然說實話，這幾年的教學現場、國文課程變革甚大，從教師到主事者都在力圖變革，第一線的老師們也早不再搞那些造神的教材教法了。只是我有時與中學教師座談，教學的困境、考試的領導仍然牽扯轇葛著我們這一代的國語文教育。因此，即便金魚以《崩壞國文》爲書名，看似要搞翻案鬧革命，但說到底，《崩》仍是非常適合作爲社會成人補充國學常識、中學師生補充課內教材的神書。

這麼一想，其實也沒什麼眞正崩壞的地方。有時候我們爲了形塑出一個文學偶像，必須將他變成他本來不是的樣子。但一個人又豈僅有單一面向？於是金魚在《崩壞國文》替我們補充了這些有趣、張狂卻又人味十足的史料。而我期盼這僅是一個開端，有朝一日更多的普及寫作者投入了這樣古典文學、歷史的介紹，於是乎我們的國文課、歷史課也就可以更被還原成接近無限眞實的模樣。

（本文作者爲國立中興大學副教授、《讀古文撞到鄉民》作者）

推薦序

那些偉大而平凡的事

陳𣳾

前些日子讀孟郊詩，云：「**到此悔讀書，朝朝近浮名。**」此孟郊登終南山後作，不過有感而發，我便也想起蘇軾「**人生識字憂患始**」。

許多年前，我不明白這些，或者說如我這般人，都曾無知過很長一段時期，擁抱著粗淺的文字與思潮。那些個稚嫩而美好的日子，我們也讀了一些詩或文章，也曾想像過舊時代的人們。

直到很後來，才慢慢明白這歷史上沒有什麼聖人，只有聖人的影子，由後人重重疊疊細細勾勒出來的影子，巨大而不可跨越。這個影子罩在每個讀書人身上，成了揮之不去的擔子。

那擔子好重，重到有太多人因此顛簸離散。

初見金魚本人，是在國家圖書館的休息室裡，為了即將開始的演講準備著。當時祁立峰學長和我主講《詩經》，金魚是主持人。

《詩經》非我二人之專長，臨陣磨槍讀了許多資料，也勉強過關講完這場。和金魚僅粗粗聊過幾句，多少對她的文字有點好奇。

為這書寫序是緣分，或說我近來覺得諸事都是緣分，該來的該走的，可惜或不可惜的，大抵如此。

金魚這本書，有扎實的學術考證，一般文史普及寫手未必皆有此根基，此其一大長處。我喜歡這種自書信資料細細考察的方式，這讓我們可以看見文人真實的一面。你我皆凡人，塵世一粒塵埃罷了。

可若是不真正細細看過一回，這些古人的面貌畢竟模糊，畢竟遙遠。

有時那些距離，會讓我們忘記了他們身上的掙扎，會以為他們是完美的人。或者，我們開始對那些評價感到莫名。

這本書有個很重要的價值正在於此。嘗試還原那個時代，還原那個時代的腳步與呼吸，還原血肉與靈魂，才更能讓我們了解文字背後的眞實生命。

還原一個時代之所以重要，是因爲如此才能眞正確立這些材料的價值。

某些讚揚古文的說法，習慣把古代比作當代，處處都要證明在古文中有當代價值，或是認爲某些行爲值得仿效。事實上，這樣的做法捨棄了舊時代的細節，反而弱化了古典文獻中展示的脈絡，只能吸引一時的目光，並不能眞正挖掘舊材料的價值。

又或者，我們把古人放在廟堂之上供著，以之爲絕對的效法對象，如此造神，也無益於對材料進行適切而有機的解讀。

古典的文獻之所以有價值，正因爲其時代性，這是讀歷史的價值。時代與時代之間不是斷裂的，是血脈相連的有機體，許多文化現象中都蘊藏著這些變化的過程，我們與過往的世界有著千絲萬縷的關係，不只是某些特定精神的傳承。

傳承一說，只是某些人的文化想像，真正的傳承沒有那麼單純，更絕非表面形式的複製或模仿。每個時代都有類似的人，卻也因環境不同，呈現出各種姿態。

但還原時代並不是件容易的事，將還原過的時代再轉述給眾人，又更加困難。

我尤其喜歡這本書裡對於一些器物細節的描寫，這樣的書寫比較踏實，視角親切真實。同時也非常深刻地提醒我們，古人一樣需要吃喝拉撒，一樣有哭有笑，有瀟灑也有不堪。

這幾年，我們可以嗅到風向正在改變，過往的教育與思維被一波一波的新浪拍打著，蛻變正在發生。

成長是會痛的，自有其悲與喜。教育是百年大計，這個時代讓許多新的對話成為可能，同時也抹去很多溝通的機會。許多事並不是在學校中學會的，也不該在學校中就被學會。

有時我們只是偶然撿拾起那把鑰匙，卻未必知道即將打開的門後面長什麼樣子，或者，根本沒有那扇門、根本錯拿了鑰匙。

我們對世界的了解與再了解，將會是一輩子的事。我的意思是，如果願意的話，它理應持續一輩子。了解有縱有橫、有空間與時間兩個軸線需要開展。

關於橫向的，世界給了我們太多媒介，千里一線牽，我們已有足夠的能量想像當代的多數角落，已能輕易感受天涯共此時；關於縱向的，繼往與開來，源自於鑑往與知來。說起來容易，實踐起來卻無止境。

這也是過去的國文教育一直缺乏的部分——缺乏有系統、有組織的時代還原，缺乏歷史方法，也缺乏讀這些資料時應有的眼光。

當然，這本書，或任何一本書，永遠都是不足的。我們不能指望看這樣一本書，就想看清大唐帝國的全貌。這不只是知識面的問題，更是多元觀點的問題。同樣一段史料，用不同的眼光與角度去詮釋，結果可能就大不相同。

金魚在書裡展現的正是這樣的一個過程，這是很基本的史學方法具體應用，但手法越是簡單，就越見其取材之功力與切入角度之巧思。

有時我覺得讀書是幸福的，有時亦折磨。我們可以慢慢看見許多幸與不幸，也慢慢去思索這一切。

關於歷史的再書寫，我相信所有看似輕鬆的筆調後面，都有其深刻憂慮，那是對時代的關懷與思索。

所謂人事有代謝，往來成古今。

江山留勝跡，我輩復登臨。

我們的過往，人們的過往，是一座巨大的江山，我們會一步一步慢慢攀緣而上，看看前人走過的路，量一量那些腳印。

說故事的人是渺小的，但他述說的是天地的偉大，是時間的偉大。

偉大而平凡，很多事都是如此。

（本文作者為國文老師、地表最強國文課沒有之一版主）

自序

國文永遠都在崩壞

在文言文跟白話文之爭剛落幕的時候推出這本書，許多朋友或許會以爲這是有預謀的，不過這本書完全是個意外。

《崩壞國文》的第一篇文章出現在二〇一五年。當時，「故事：寫給所有人的歷史」還在草創期，所有的創辦人多少都要承擔編輯和撰稿的工作，我經手的「深夜食堂」系列連載到一個段落時，作者們表示需要暫時休刊取材去，其中大約一個月左右的空窗期，我只好自己補位。

四個星期、四篇文章，要如何串成一個小系列？既不偏離主題又自成體系呢？我正在傷腦筋時，有一位長輩請客吃飯，設宴在海鮮餐廳。我在這種場合通常就是負責貢獻歷史趣聞，作為談資的角色。於是，我說起了韓愈吃海鮮的故事，就在那一瞬間，我找到了可寫的題材，既然有了韓愈，何不韓柳元白都說一遍呢？

於是，就先從韓愈打頭陣，開始了第一篇文章，而後慢慢發展成了一本書。它並不是很有組織、有架構地要說什麼大道理，除了最後一篇〈安祿山與沒有聲音的胡人〉之外，其他是每個人物生命中的片段，由此照見他們的困境。

也有人認為，呈現出這些古聖先賢脆弱的那一面，是一種「除魅」（Disenchantment），而《崩壞國文》的書名似乎又更加深了這樣的印象，好像這本書試著在摧毀某些不傳下去，會連著開台祖一起下地獄的偉大道統……事實上，我要說的是，所謂的「國文」究竟是哪個國的國文本身就是個問號，而不管是哪國的文學，全都是在崩壞中獲得新生。

比如，在六朝的宮體詩被創造出來的時候，當時的保守派崩潰了，他們甚至跑去向皇帝告御狀，指責帶頭寫作這些詩的太子不務正業。然而在往後的一百年內，宮體詩成了主流。我們所熟悉的唐宋八大家、古文運動，更是崩得好壞壞；而且不只是八大家那八隻在崩壞，從盛唐開始，有人看不慣流行的文體，認爲要用文章傳揚道德，然後把這個想法寄託到更久遠的古代來尋求正當性，爲了堅持這個理念，戰神韓愈到處和人打筆戰，甚至一時腦衝上書罵皇帝、戰佛教。連佛陀躺著都中槍，被說是個沒受過「華夏」教育的野蠻人，如果活著叫進來皇宮見一面就可以打發走了，現在都死了，不過就是個不吉利的髒東西……如此這般的偏激言論。

當然，這在唐帝國中也是個特立獨行的狀況，但若沒有這樣的衝撞和革新，文學就無法翻出新意。

換言之，這本書試圖還原那些文學作品被寫作出來的現場，而各位將透過書頁直擊所謂「國文」崩壞的那一瞬間，當然，也包含作者在那個時代的困難與掙扎。他們的人生困境，有時距離我們很遙遠，但有時也很近。我不贊成單純地背誦或記憶文學，透過閱讀與理解，這些文學作品才有可能進入心中，在人生的不同時期從心底浮現，我們才能隔著時光的長河照見與自己相似的身影。

在本書的最後，我寫了一篇與文學並不是那麼相關的文章。熟悉我的朋友可能知道，我眞正的研究領域是絲路上的異民族，這些被稱爲「胡人」的人們，是中國史上重要的推進力，但是由於他們本身的紀錄文獻不多，所以如何從漢文史料中找到他們活動的資訊，就是我多年研究工作的主軸。但是，這些胡人大多沒有聲音，他們被當成長安的異國情調，成爲唐帝國兼容並續、華夷一家的佐證。事實上，他們有自己的語言、組織、信仰，甚至曾試圖在唐帝國北方建立屬於自己的國度，而他們的皇帝就是安祿山——一個曾經一無所有的混血窮小子。

安史之亂，是唐帝國極爲重要的事件，它甚至影響了整個歐亞大陸。它的成因有著複雜的族群問題，它的後果導致了世界史的進程。這麼重要的事，卻是由一大群沒有聲音的胡人所發起，而他們的敵人、唐帝國的軍隊中竟也有大量的胡人。如果我們可以更關注族群的議題，我們對於唐代史，甚至是整個中國史、東亞史，都會有不同的觀察。

這是我私心希望傳達的觀點，所以，雖然不完全是文學，但還是硬塞進去了。很抱歉這篇序寫得正經八百、不太有趣，因爲哏都被前面的祁老師和陳老師講完了～

最後，這本書逗趣的插圖是由才華洋溢的燕王所繪製，我們從來沒見過面，但他深厚的歷史知識賦予了史料新的生命。最後要感謝圓神編輯團隊的怡佳與奕君，我是個惡名昭彰的拖搞王，若沒有她們的鼓勵與拍打，這本書是不可能出得來的。如果這本書帶給各位讀者任何的歡樂，請誠摯地感謝她們。

目錄

貳部曲

人生無常，盛衰何恃

那些千年不變的人生規則

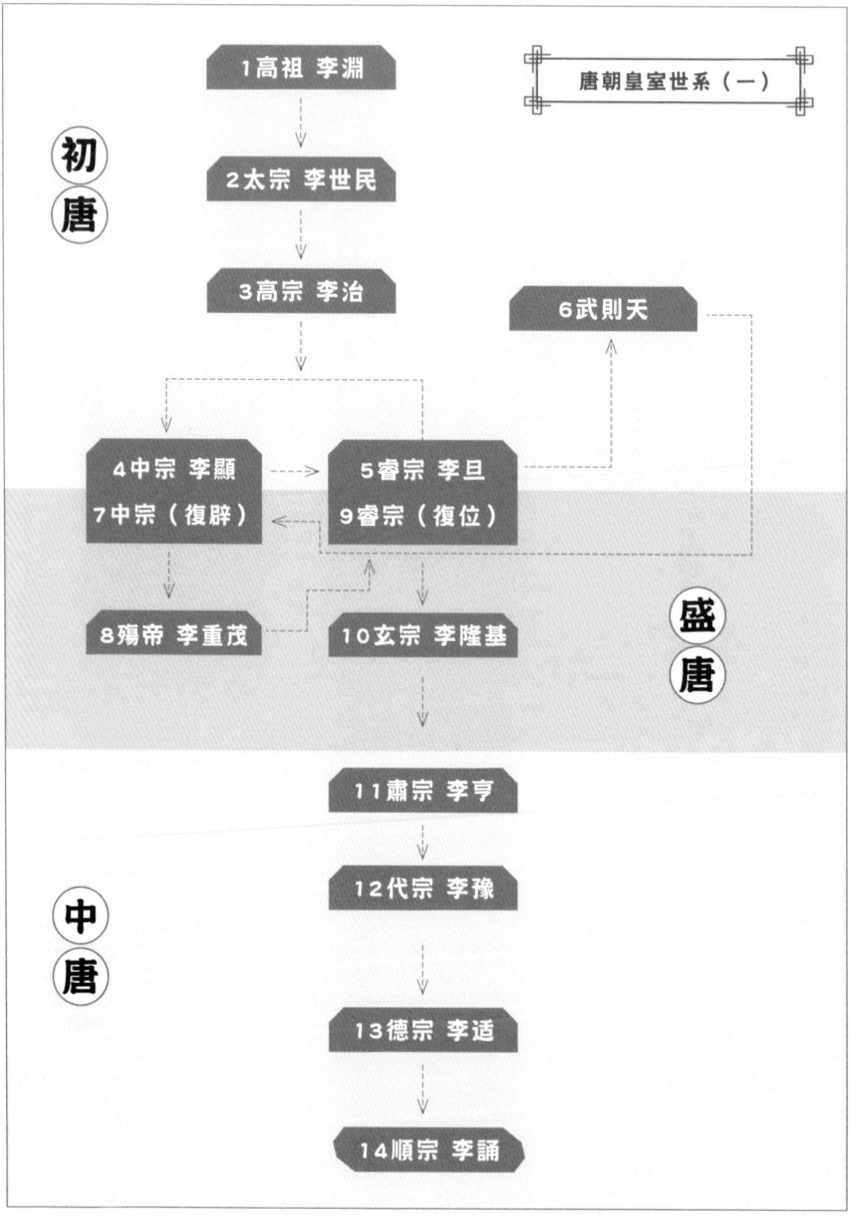
唐朝皇室世系（一）
初唐
1高祖 李淵
2太宗 李世民
3高宗 李治
6武則天
4中宗 李顯
7中宗（復辟）
5睿宗 李旦
9睿宗（復位）
8殤帝 李重茂
10玄宗 李隆基
盛唐
11肅宗 李亨
12代宗 李豫
中唐
13德宗 李适
14順宗 李誦

唐朝皇室世系（二）

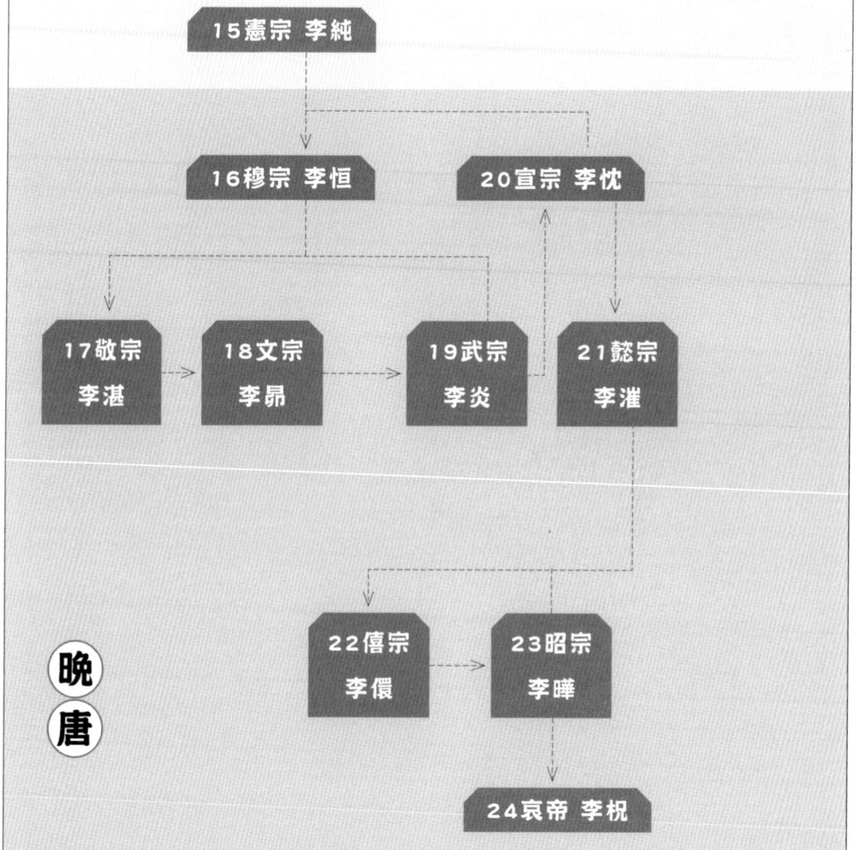
15憲宗 李純
16穆宗 李恒
20宣宗 李忱
17敬宗
李湛
18文宗
李昂
19武宗
李炎
21懿宗
李漼
22僖宗
李儇
23昭宗
李曄
24哀帝 李柷
晚
唐

壹部曲

人有離合，月有圓缺

——那些永不在生活中缺席的情感之事

第一章

韓愈的生猛海鮮宴

學習把嚥不下喉的吞入腹中

「韓柳元白」是國文與歷史課本上很常讀到的四個人——韓愈、柳宗元、元稹和白居易，他們被奉爲一代文壇宗師、傑出的詩人與散文家。他們若不是道貌岸然，就是憂國懷鄉，似乎生來就帶著崇高的使命，就連他們的挫折，也都是爲了更長遠的理想而做出犧牲，他們是聖賢，而不是「人」。

如果我們穿越回唐代，可能會對這四人的印象截然不同。在這四人之中，韓愈最爲年長，他和柳宗元是忘年之交，但是對於元白，就不這麼交心。他們經歷過同樣的時代、同一事件，他們各自做出不同的抉擇，也承擔不同的結果。

某個人的飛黃騰達，或許代表著另一人的失意落寞。在仕途浮沉之間，長安成了唯一的目標，這座象徵著最高權力的城市，寄託著他們對於仕途的念想。長安之外，是截然不同的世界。

飲食，就成爲他們從帝國的中心前往邊境時，最難以適應又不得不適應的問題。

兩個貶謫到南方的吃貨

韓愈與柳宗元相知很早，不過他們的政治理念卻截然不同。永貞年間（A.D. 805-806），站在革新派的柳宗元，雖一度與保守派的韓愈鬧得不太愉快，但無損於他們眞摯的友情。一向被認爲個性偏激的韓愈，後來仍殷殷地寫詩、寫信安慰處境比他更慘的柳宗元，甚至在柳宗元死後收養了他的孩子。許多人以韓愈的詩作〈永貞行〉和他修史時臭罵永貞黨人的紀錄，批評他對老朋友刻薄、不厚道，卻忽略了他和柳宗元一封封往來的書信。

對柳宗元而言，他在貶謫人生中經歷了一連串的打擊，人情冷暖，他不可能無感。不過他和韓愈的來往依然眞誠，甚至是可以直接反駁的交情。如果不是出於友情和尊重，也沒有必要到這份上還要來往。這樣的交情，不亞於一直和他站錯隊的難兄難弟劉禹錫。柳宗元的悲劇與其個性有

直接的關聯，而事實上，韓愈也不完全是「文起八代之衰、道濟天下之溺」的聖人，因此這兩人的感情能超越政治，確實是很難得的。

柳宗元的政治汙點，跟了他一輩子。他曾一度被召回長安，以爲否極泰來，正高興著，沒想到朝廷裡有人惡整他，明升暗降，把他送到了更遙遠的柳州（今廣西省境內）當刺史。元和（A.D. 806-820）十四年，當唐廷正爲了憲宗的「元和中興」大肆慶祝時，韓愈卻因諫阻皇帝迎佛骨舍利的靡費行爲上了〈諫迎佛骨表〉，觸怒皇帝而被趕出長安，發往今日廣東的潮州爲官。

潮州與柳州都是唐帝國的南方邊疆，韓愈與柳宗元兩人可說是陷入人生的嚴重低潮。不過在他們往來的詩文中，除了談人生、談環境、談挫折、談思想等種種偉大理想和抱負之外，也不忘談吃……

他們吃什麼呢？羊肉？牛肉？豬肉？魚肉？

都不是，他們談的是蛙肉！

在我看到這則記載時，柳宗元在我心中冷豔高貴的形象完全破滅。他不僅吃青蛙，還很愛吃！甚至寫信勸剛貶往南方的韓愈說：「這東西很好吃，你試試看。」

於是，韓愈就寫了一首〈答柳柳州食蝦蟆〉[1]回應他的好朋友：

……余初不下喉，近亦能稍稍。常懼染蠻夷，失平生好樂。而君復何為，甘食比豢豹……

這六句詩的意思大致就是：「我一開始也不是很喜歡吃，最近稍微可以吃一些了，但是怕這種東西吃多了會染上南方的蠻夷之氣，只好暫時放

1 唐代的蝦蟆意指蛙和蟾蜍。

下這個喜好。不過你也太愛吃蛙肉了吧？竟然把它當作豹子胎這種高級的美食來吃？」

如果換作是現代人吃豹胎，可能會鬧上新聞被罵不愛護動物，但中古時代並沒有這種規矩，當時的人還覺得豹胎是美味珍饈。說到這裡，各位或許對於韓柳二人的印象又更崩壞了一些，不過，大家其實可以放心，在唐代只有親王、公主以上的貴族才有資格擁有豹子，所以沒多少人眞的吃得起豹胎，豹胎可能只是一種傳說中的食物，就像龍髓鳳肝一樣，只是個指代。

雖然吃青蛙這件事很難和韓柳二人聯想在一起，不過青蛙在南方是很常見的食物，到了北方反是罕見的食材，甚至能端上唐代的「國宴」菜單。各位應該會好奇，他們到底怎麼吃蛙？是三杯嗎？還是油炸？很可惜，雖然外皮酥脆、肉質滑嫩的炸蛙腿是現代人的下酒菜，但唐代還沒有出現炒和炸的技術。因此，長安的高級吃法就是把青蛙剝皮之後，從中間剖半，像分開的豆莢一樣兩片平貼在盤子上蒸熟了吃，叫「雪嬰兒」，聽起來有點嚇人。

但是到了南方，可就不是這樣了。唐代的《南楚新聞》說，南方的一些部族（百越）會先煮一鍋滾水，丟入小芋頭或小筍子，接著把蛙類丟進去，蛙類就會抱住水中的芋頭或筍子，煮好之後，就統統撈起來吃。這些百越民眾尤其喜歡吃皮上有疙瘩的蟾蜍，他們主張先丟進滾水、燙掉蟾蜍的皮，然後再煮，但也有些人就愛吃蟾蜍皮，這顯然是特殊的個人愛好。

韓愈和柳宗元的吃法，可能是蒸、清燙或煮湯。從中醫的理論來說，蛙肉是補氣治脾虛的食物，對於身體一直不好的柳宗元來說，應該是很不錯的滋補食品。

潮州的海鮮大餐

在長安城，除了蒸蛙肉之外，還有一樣高級的食物只屬於士族與貴

族，那就是「魚膾」。千萬不要以爲唐代人都吃熟食，他們也喜歡把新鮮的鯉魚去骨後切成條狀，拌上佐料生吃。因此，韓愈和柳宗元可能在長安時就曾經嚐過了生魚片的美味。

不過，新鮮的魚並不常見。儘管韓愈幼年曾經短暫在南方生活，但是他所習慣的食物，應該大多還是麵食類或雞肉、羊肉。爲什麼沒有牛肉或豬肉呢？這是因爲唐代不能隨便宰殺耕田的牛，而豬在當時的北方又比較少。因此，當韓愈從長安風塵僕僕、心如死灰地抵達南方，有人邀他參加一場宴會時，他一踏入現場就嚇壞了！

案上有一大堆他沒看過的食物，韓愈在吃完這頓飯後，就寫了首詩〈初南食貽元十八協律〉。這首詩是給長安的朋友元集虛，除了寫下自己看到的奇怪食物，順便給朋友補充一下生物知識：

鱟實如惠文，骨眼相負行。

首先是鱟。鱟長得很像好萊塢電影裡會出現的外星生物，被稱爲地球的活化石，由於繁殖時雌雄會黏在一起，很容易抓得到。現在因爲被列爲保育類動物，所以比較不吃了，不過在韓愈的時代，潮州人才不會管這麼多，抓起來就宰。

蠔相黏為山，百十各自生。

接著是蠔，也就是牡蠣。潮州的牡蠣黏在礁石上，不像現代養殖牡蠣那樣串成一串放進海裡。吃牡蠣在現代人看來，眞是超級生猛有勁的好東西呀！不過韓愈從來沒見過這生物，請各位不要怪他見識少，因爲在那個很多人一輩子沒見過海的時代，牡蠣並不常見。

蒲魚尾如蛇，口眼不相營。

第三種是蒲魚，也就是魟魚。這種在淺海生活的軟骨魚，現代也常看

到，體型可以長到非常大。我曾經在東石港邊看到人們分切大概有餐桌這麼大的巨大魟魚，但說實在的，我不是很喜歡牠的味道。不過還是再強調一次，雖然韓愈小時候曾住過南方，但是他大半輩子都生活在北方，所以他對魟魚的第一印象就是：有一條蛇一樣的尾巴……畢竟他比較熟悉蛇。

蛤即是蝦蟆，同實浪異名。

第四種就是青蛙了。韓愈在這裡告訴現代人一個重點，在唐代的南方，「蛤」不是現在我們吃的蚌殼文蛤，而是蛙類的統稱。雖然名字和北方不同，不過是一樣的東西。

章舉馬甲柱，鬥以怪自呈。

最後，章舉和馬甲柱，其實就是章魚和帆立貝（扇貝）。在現代人看來，章魚現燙現切、加上剛撬開的新鮮扇貝，滿口海味鮮美無比，實在是無上享受。但是不懂得欣賞的韓愈，竟然嫌這兩樣東西長得怪！絲毫沒提到牠們的滋味。

其餘還有數十種，韓愈就懶得解釋了。那麼他怎麼吃呢？他只好暫時按照南方的習慣來食用，「**調以鹹與酸，芼以椒與橙**」，也就是用酸和鹹來調味，並加了橙汁和椒拌著吃。這裡的椒絕對不是辣椒（辣椒在唐代還沒進入中國），有可能是花椒，也有可能是胡椒。

雖然在他的詩中，把這些海鮮介紹得很難吃，但是各位不妨把它想像成淋了五味醬那樣的酸酸鹹鹹，正好襯托出海鮮的滋味。然而，在這裡又顯現了唐代與現代的不同，我們想像的美味，韓愈卻說：「**腥臊始發越，嘴吞面汗騂**。」意思是：「我吃下去之後發現更腥更臭了，嘴巴雖然已經吞下，臉上卻狂冒汗而且臉色發紅。」

這狼狽的樣子，讓韓愈把目光從海鮮上轉開，看向了……

蛇……

是的，就在此時，韓愈看見了活生生、在籠子裡的蛇。

爲什麼吃飯的時候會看到活蛇？因爲唐人也知道現宰現煮最新鮮呀！韓愈和這蛇你看我我看你，雖然認得蛇是什麼，卻覺得蛇長得眞是面目猙獰啊……

於是，他打開籠子，把蛇放走，但是這蛇竟然不知感激，繼續對韓愈示威。

韓愈只好對蛇說：「**賣爾非我罪，不屠豈非情。不祈靈珠報，幸無嫌怨并。**」意思是：「賣掉你不是我的錯，沒殺你也算是有情分吧，我也不求你拿顆靈珠來報答我，只希望我們之間別有什麼怨恨哪！」

韓愈的這頓生猛海鮮歡迎宴，到這裡告一個段落。這是在他初抵潮州時的詩作，當他寫下那首吃青蛙詩的時候，他已經在潮州過了些日子，原先不能接受的青蛙，也稍稍能夠入口，並懂得了南方食物的美味。

千里宦遊是唐代官員政治生涯的常態，或在天子腳下、吃著長安口味的駝峰、魚膾、雪嬰兒；或在山海邊緣、吞著一生從未見過的山產海鮮。

宦海中浮浮沉沉，誰都不得不學會忍耐，學習把嚥不下喉的吞入腹中，即便是韓愈，即便是柳宗元，即便是今日的你、今日的我。

第二章

柳宗元的檳榔

我得了一種叫作寂寞的病

我小時候讀到「柳宗元」三個字時，腦中總會浮現一個高眺纖瘦、如柳樹般的身影，又或是一身道袍、凜然昂首。很多年後，我才知道，小時候的印象只對了一半。

中唐文學神主牌韓柳元白四人遭遇各異，雖然都經過貶謫的失意，但其他三人的結局還稱得上從此過著幸福快樂的生活。然而出身最好、又最早成為人生勝利組的柳宗元，卻只是猜到了開頭、猜不著結局，怎麼說呢？這就要從柳氏一門說起了。

柳氏一家有個不太好的門風，就是他們超級死腦筋又聰明絕頂。柳宗元的父親柳鎮，以博學多聞和剛直不屈出名，遭受冤屈被貶也死不掉一滴淚，是個硬漢中的硬漢。柳媽媽盧氏也是博學的名門閨秀。這樣優秀的家庭教育和端正不阿的品格養成下，正常來說是一個偉大名臣的搖籃，可惜，事情從來不是小時候媽媽教你的那麼簡單。

在唐帝國，一個理想的人生勝利組需要有好的開始。當時的身分制度分成兩大類：下層社會是廣大的平民與賤民，上層社會則是皇族與士族。皇族容易理解，而士族有點模糊，廣義地說，就是家族有人當過官、是讀書人；但狹義地說，誰屬於士族是需要考察祖譜的，能夠被列入紀錄的家族，通常都有長達百年以上的歷史、有顯赫的祖先或雄厚的地方勢力。也只有士族才能擔任握有政治實權的某些官職，這種稱爲「清官」；其他不重要、純技術性的就可以讓非士族的人擔任，這些則稱爲「濁官」。清濁之間，自然就顯出了高下之分。

投胎成功、順利長大之後，要開始求官，當然有不同的管道，但最棒的一種就是「進士科」。這需要先取得鄉貢進士的資格，才能去考試，考上進士就保證有工作，但要等多久才有缺、會在哪裡工作，則還是未知數，有時候一等就是三五年。如果不想等，那就要再去考更難的「制科」，也稱「制舉」。困難的原因是，來考試的人基本上不限鄉貢進士資格，只要你出身合格，不管你是現任的官員或是成名已久的大才子，都可

以來考試，所以什麼骨灰級的神獸霸者傳說人物都可能出現。如果通過制科，就能晉升唐帝國新秀菁英，不但工作會更好，也會更接近京師。

少年柳宗元二十幾歲就進士加制舉雙料冠軍、青雲直上，那時白居易還在吃土呢……恐怕當時唐帝國的人都不會懷疑他將是下一個政治明星。更加人生勝利組的是，他娶了名門楊家的女兒，這下子父族、母族和妻族的各種政治資源，當然都是他的籌碼了。

意氣風發、聰明絕頂的柳宗元，理所當然地氣焰囂張，所以討厭他的人不少。不過，他一點也不在意，說句粗俗的話：「人一屌，就任性。」柳宗元就是這樣一個任性的男人。

順風順水的前半生，在八〇五年攀上了人生新高峰，這一年，因為老皇帝駕崩、新君上台，史稱「永貞革新」的變革正式展開。在當時唐帝國的人看來，這場變革由於政治影響而評價低下，但是隔著一千三百年來看，除了政治鬥爭的現實外，還有著近乎傻氣的天真。

永貞是新皇帝的年號，雖是新君，但這位新皇帝就像今日英國的查爾斯王子一樣，當了幾十年的太子，眼見國家衰落而亟欲於有生之年有一番作爲。而他身旁的親信，其實就是兩個出身民間、被高級官僚看不起的技藝官，以及一群像柳宗元這樣出身良好、資歷優秀、急著想改變國家的青年菁英，組成一個唐吉軻德式的團隊，也就是後來人稱的「二王八司馬」。

永貞革新的內容很簡單，就是對內處理內侍、對外處理藩鎮。大家可能都在課本上讀過，唐代宦官勢力猖獗，因此，新君先斷除下級內侍收取賄賂與強取豪奪的宮市[2]，除掉宮中的異己派內侍，再以親信奪取神策軍

2 唐德宗至順宗年間，皇室派宦官到民間市場以低價強買貨物的現象，後於順宗年間被改革派廢除。

這支由內侍長期掌握的軍隊。對於藩鎮，則先從皇帝己身做起，叫藩鎮不要一天到晚送禮物賄賂朝廷，同時壓制遠在江南、武力較弱卻很有錢的藩鎮，純粹殺雞給猴看，順便再拔幾個貪官來收買人心。

永貞革新的內容，其實以宣示的政治意義居多。發動這場革新的核心，是兩個王姓官員，他們來自帝國中下層階級，雖然得到了皇帝的信任，卻無法贏得士族官僚的認可。他們的不懂禮儀、出身低下，甚至是一口不夠優雅正確的官話，都被當成取笑的對象。不過平心而論，要說他們沒有私心是不可能的；但如其他菁英官僚一般說他們是奸佞小人，也未必是眞，只是他們沒有時間可以證明自己對國家救亡圖存的決心。

除此之外，皇帝又突然中風、不能言語，於是一百多天的革新，成爲一場煙花。中風的皇帝無法阻擋由內侍、藩鎮與高級菁英官僚組成的政變，黯然退位，眼睜睜地看著二十八歲的長子在衆人簇擁下登上寶座。皇帝只多活了半年，在所謂「**西宮南內多秋草**」的「南內」興慶宮中，靜靜地去世，諡號「順宗」。此時，二王已成泉下亡魂，八司馬也被新君逐出長安，前往唐帝國的絕域。

永貞時代的政策並非一無可取，尤其在處理藩鎮這件事上被後來的繼任者延續下來，甚至不惜發動了長達十餘年的戰爭——攻打各地藩鎮。一樣的事，永貞時代沒能取得官僚們的認同，完全地失敗，而繼任的皇帝與官僚們借取經驗，一步一步地把路走好，而被稱爲「元和中興」。

「二王八司馬」，是新政府上台後處理永貞時代舊臣的舉措。唐帝國有身分階級，一般而言，除非大逆不道，否則士族通常不太容易被處死，二王之所以被殺，是因爲他們終究不是士族，而出身士族的八個朝臣則被貶爲州司馬，也就是一州的副官。其實，一開始他們是被發出去當刺史，也就是一州的長官，結果在路上再貶一級、被發得更遠，柳宗元就被送到現在湖南和廣西交界的永州當司馬，而且還不是正式的司馬，是「員外同正員」。簡單說，他是個冗員。

這一年，柳宗元三十三歲，從萬眾仰慕的高級官僚，被踢到湖南的山裡當冗員，用肚臍想也知道他不開心。事實上，從三十三歲之後，他的人生像卡到陰一樣衰到極點，媽媽、女兒、姊夫、外甥、姪女、堂弟……幾乎稱得上至親的人都去世了。最慘的是，他堂弟跑來永州看他，路上生了小病，但還能和柳宗元一起出去玩，回來後也有說有笑的，隔天早上卻叫不起來，這才發現斷了氣……

我無法理解，柳宗元到底是命帶天煞孤星還是被草人插針，人生痛苦到這種程度，衰運卻不只如此，他還遇過找不到房子暫居寺廟（可能因爲他是冗員或被刻意打壓，永州一開始沒有配宿舍給他）、家裡失火，還一直生病，甚至昏迷三天沒醒。

這麼悲慘的人生，同時造成他在婚姻上的重大挫折。在他二十七歲時，出身名門的妻子去世了，後來二十年都沒有再娶。不是他不想娶，而是娶不到……關鍵就在於他是士族，唐帝國中不同階級的人不能結婚，士族男性可以納庶民女性爲妾、卻不能爲妻，但是以柳宗元的處境，也沒有士族女性要嫁給他。

如果說三十三歲之前的柳宗元是翩翩公子，三十三歲之後的柳宗元就徹底是個魯蛇。他很焦慮自己娶不到老婆又生不出兒子，因此在永貞事件的影響稍微平息、開始有故舊寫信和他聯絡時，他忍不住告訴一位長輩：「我眞的好想娶老婆、好怕絕後啊……」

> 煢煢孤立，未有子息。荒陬中少士人女子，無與為婚，世亦不肯與罪人親暱，以是嗣續之重，不絕如縷。每當春秋時饗，孑立捧奠，顧眄無後繼者，懍懍然欷歔惴惕，恐此事便已，摧心傷骨，若受鋒刃。
>
> ——〈寄京兆許孟容書〉

柳宗元的悲慘自敘讀起來是很可憐啦，但我有時候覺得柳宗元也是神

經頗大條，前面說自己好慘、都沒有女孩想跟我一起生寶寶，後面又說自己吃東西也不知道滋味，而且一年都洗不上一次澡！「**一搔皮膚，塵垢滿爪**」……每次讀到這裡，都讓我有點不舒服——一個不洗澡的男人，誰會介紹長安的白富美給他呢?!有事嗎！

在痛苦的人生中，飲食對柳宗元來說只是拿來苟延殘喘的工具，所以關於吃，他留下的紀錄很少很少，造成我很大的困擾。他和當時的士人們一樣，對南方充滿了恐懼，在他們筆下，南方的夜晚黑壓壓一片，到處都是藤蔓、奇怪的生物，以及吃著噁心食物的土人。（平衡報導，我認爲南方的平民可能也覺得這群官員是一群沒見過世面的城市俗，但很可惜地，南方視角的文字並沒有留下來。）

話雖如此，其實柳宗元很怕自己被南方同化，事實上，他可能還眞的已經慢慢被南方給同化了。在前一章，我說過他告訴韓愈自己喜歡吃青蛙，在永州也可能吃過鷓鴣，因爲他說口感「**甘且腴**」，而且很容易就抓得到。

某一天，他家的廚子抓了一籠鷓鴣正準備宰殺，柳宗元經過，想起了自己有如籠中鳥一般的生活，於是，他放走了鷓鴣，並寫詩告訴鷓鴣：

破籠展翅當遠去，
同類相呼莫相顧。

這個情景和韓愈放走那條蛇有點像，或許都是他們在感嘆自己命運，卻也意外留下了飲食史的證據。

柳宗元究竟後來還吃不吃鷓鴣我們不得而知，但有一樣東西，倒是他

從元和初年貶到永州之後，就一路吃到柳州……

那就是檳榔。

是的，我想寫到這裡，柳宗元在諸位心中冷豔高貴的形象已經完全毀了——不洗澡、一搔癢滿手汙垢，然後還吃檳榔?!誰要嫁給他呢！

不過，不講衛生這件事雖然不受妹子青睞，但吃檳榔在當時並非惡習，反而是一種高級享受！在漢魏時代，北方朝廷的勢力還沒能完全控制南方時，生長在南方的檳榔是超夢幻的果實，只有皇帝和高官才能看到那麼少少幾顆。直到三國與南朝，北方下來的政權掌控南方，才把檳榔從深山老林裡挖出來，千里迢迢地送到建康城（今南京），用超高級的盤子貢獻給皇帝，皇帝再賜給大臣當作禮物。

也因此南朝的世家大族，開始把吃檳榔當成高級享受，飯後來一顆，健胃整腸助消化。曾經有個魯蛇，在落魄時去老婆娘家求檳榔吃，結果被妻舅嘲笑，後來魯蛇搖身一變成大官，把妻舅叫來，用金盤盛了一堆檳榔請他們吃，完全是打臉打很大；另外有個南朝的親王，平時實在是太愛吃檳榔了，於是過世前特別交代子孫，以後一定要用檳榔祭拜他；還有一個南朝官員，臨死前兒子問他：「老爸，你有什麼心願未了嗎？」他只說：「我要吃一口好檳榔……」於是，兒子買了一大堆檳榔現剖，結果剖了一百多顆都不夠好，眼見老爸含恨而終，兒子也從此發誓戒掉檳榔。

除了貴族們，高級的檳榔也可作爲供養品送給高僧。不過由於檳榔吃多了人會有點醉，所以佛教僧團內部也曾討論吃檳榔是否合適，結論就是：「因爲檳榔可以讓人口氣芬芳，如果吃少少當口香糖沒關係。」

那麼，南朝人怎麼吃檳榔呢？史書上說，他們用扶留藤夾牡蠣殼灰包在一起吃。扶留藤就類似荖葉，而牡蠣灰其實就是石灰……等等！這不就是巷口檳榔攤賣的包葉仔白灰檳榔嗎？所以，各位讀者如果想要體驗南朝時尚，不要猶豫，快去檳榔攤享受千年傳統吧。

隋唐之後，因爲主要的政治重心被拉回北方，檳榔沒那麼容易取得，

所以無法持續高級口香糖的地位，變成一種南方來的藥材，長安的官員們沒事的時候是不會集體在都城吃檳榔的。但是南方的百姓還是繼續開心地吃著檳榔，然後嘲笑從北方來的官員水土不服、上吐下瀉，我想，他們心中可能這麼想：「這群長安俗，我們都是吃檳榔以毒攻毒！所以完全沒事呢！」

接著，北方來的官員們爲了在南方活下去，也開始吃起檳榔了……

柳宗元就是在這樣的窘境下開始吃檳榔的。經過了四年沒人來信送暖的孤獨後，突然，一個老朋友李翰林寫信來，柳宗元簡直激動到差點把檳榔一口吞下去。他對老朋友說：「我的病比較好了，發病的頻率也降低了，我都是吃南方人的檳榔和橄欖，可以破除堵塞，有用！但是呢，雖然破除了陰邪之氣，卻傷到了元氣，走著走著膝蓋會發抖，坐著坐著大腿會發麻，所以我現在需要補血補氣，之後長肌肉就會好了。」

之前，一位學中醫的網友Eachen Lai來信告訴我，檳榔在中醫屬於行氣消滯又可以殺蟲的藥。因爲早期中國南方屬瘴癘之地、寄生蟲多，氣候又濕熱，身體容易產生濕熱疾病，所以可用檳榔來行氣除濕，同時還可殺寄生蟲。但藥即是毒，行氣藥使用太多自然會損耗元氣。或許這就是柳宗元常常覺得體虛、沒有元氣的原因吧？當然，這是現代中醫的看法，供各位參考。

在唐代，檳榔除了直接吃之外，還會入藥，治療腳氣病、腹脹、瘴瘧、寄生蟲、心痛（失戀的心痛無效）、壯陽、回春、生子……簡單地說，在唐代的醫書裡，檳榔會被用來解決一些「淤積」的問題，但也適用於生育、性愛等雜症，但後一種用法是否爲柳宗元吃檳榔的原因，就無從得知了。

柳宗元在永州吃著檳榔，蹲了整整十年、經歷了各種心痛之後，終於，朝廷來了詔命，叫他打包回長安。柳宗元欣喜若狂，因爲把官員叫回長安，通常是要他們回去報告任上的事，然後準備再次調職。柳宗元不禁心想：「皇帝終於原諒我了！」他打包行李，帶著僅剩的幾個親戚和僕人，千里迢迢地從永州回到長安。

柳宗元風塵僕僕地來到了長安城外的灞水上，難以壓抑心中的雀躍，於是他寫了一首詩。這或許是他離開長安十年（包含去和回來又多一年）後，眞正地重拾了歡笑：

十一年前南渡客，
四千里外北歸人。
詔書許逐陽和至，
驛路開花處處新。

柳宗元回到長安，遇見了和他一樣被踢出去、又被召回來的老朋友劉禹錫，他們帶著期待又怕受傷害的心回到皇城——那座充滿年少夢想的政治場。

然而，九重宮闕之中，等待他們的不是饒恕和原諒。

並不是沒人同情柳宗元，要不然就不會有人寫信給他。但是柳宗元太聰明了，他的聰明讓人害怕，怕他一旦被皇帝重用後會報復他們，偏偏他當年得罪的宰相正是當權派，於是，沒有人敢眞正地伸出援手。

而劉禹錫，他原本是眞的要被叫回長安、回尚書省的，但他壞就壞在回來時去賞了桃花，還手賤寫了首詩：

紫陌紅塵拂面來，
無人不道看花回。
玄都觀裡桃千樹，
盡是劉郎去後栽。

這首詩原本也沒有什麼，但是被人告上朝廷，就說他是在嘲諷朝廷收割他的革新、撿尾刀，憲宗皇帝一聽大怒，乾脆把這對難兄難弟再打包丟出去，柳宗元丟去南方的柳州、老劉丟去西南的播州。播州有多遠呢？這樣說好了，在唐代的幹道中，播州那條線的終點就是播州……

實在是太遠了！而且高齡八十的劉媽媽眞的不能再這樣奔波。於是柳宗元展現了他的義氣，上表懇請朝廷以劉媽媽年紀太大爲念，不要把劉禹錫丟那麼遠，如果一定要丟，他願意和劉禹錫對調。

這眞的太有義氣了！各位的國文課本上可能也都有提到這件事。但是他的上書其實沒什麼用，因爲他是被大家討厭的柳宗元，朝廷根本不考慮他的意見。

最後，是皇帝倚重的大臣以同樣的理由請求，表示如果把劉禹錫丟去播州，那麼劉媽媽應該到死都見不到兒子了。皇帝一開始並不諒解，反而大怒：「既然這樣，當兒子的就應該謹慎點不要讓老媽擔心！如果還在寄望有人說情，更是不可饒恕！」大臣聽了也不好再說，還是皇帝自己事後想想，氣也稍微消了，才又說：「朕是在罵他沒好好當個兒子，也不是想害他媽媽。」

總之，劉禹錫最後從遙遠的播州改赴廣州上方的連州，稍稍接近中央了一些。

雖然柳宗元和劉禹錫都往上升了一級任刺史、不再是冗員，但他們去的地方還是很辛苦。柳宗元去柳州之後，一直生病，差點死掉。有一回腳氣病發作，昏迷三天，家人還以爲他要死了，號哭不止。一個士族聽說這

事，趕快告訴他們一個祕方杉木湯，也就是把杉木、檳榔、桔葉放在一起搗碎，混著童子尿一起煮，煮開後再給柳宗元喝下，喝了兩次就好了。

檳榔又再一次救了柳宗元。其實，柳宗元倒不是太介意自己喝了童子尿，還寫了方子寄給劉禹錫說：「我怕有人和我患一樣的症狀會死掉，所以趕快抄給大家，有需要就喝吧。」於是，這事就被劉禹錫給記了下來，流傳至今。

檳榔，這個南方來的小果子，在柳宗元光輝燦爛的前半生中毫無蹤影，卻在他困頓無助的後半生，幾度救了他的命。好比他在文章中遇到的那些永州小人物；好比那些他後來在南方遇到、不可能娶爲正妻的女人。這些沒有聲音的人，才是眞正支撐柳宗元後半生的人們。

柳宗元不是個聖人，課本上那冷豔高貴、剛直不阿的形象並不眞實。他有過囂張狂妄的少年時代，不順他意的人，連看都不看。史書上說他精敏絕倫並非謬讚，但他卓偉精緻的文章，成就於他苦苦掙扎的後半生。

他不像劉禹錫，破罐子破摔、死不認錯、老子就跟你比命長；不像白居易，囉嗦地排遣著貶謫人生；不像元稹，可以那麼徹底地拋棄原則；更不像韓愈，爲了宣揚理想四處引戰，甚至不惜開罪皇帝。

在永州與柳州的貶謫生涯中，柳宗元曾經跪求朝廷大老幫忙。他認罪認錯的文章，一點都不光彩偉大，他很痛苦，因爲做這種事和他的家風家訓相悖，當他擔憂著自己沒有傳人時，他痛苦的原因或許是他終究不是他父親。

命運是個王八蛋，高高地把柳宗元從萬千意圖躍過龍門的小鯉魚中托起，登天爲龍，又狠狠地把他摔到泥水之中，半生倉皇狼狽，卻熬不到一縷陽光。

柳宗元的檳榔，是唐帝國那些前往南方的官員們的縮影。他們離開北方，帶著憂懼南渡，適應著南方、又排斥著南方，但只有很少數的人留下

了足以被記得的名字。

柳宗元，既是那大多數死於南方的，又是那少數在歷史上留名的，他的孤單與掙扎，和今日那些必須遠離家園的人們並無兩樣。

唐帝國已經亡了一千多年，但是唐人的感情，從來不遙遠。

第三章

白居易的廢文人生

讓哥哀傷的不是吃不好穿不暖，是空虛

有人說，唐是個詩的時代，這有一部分是由於作詩是士人的基本素養，而且科舉都會考。不只是詩，還有文，詩文是一個士人開啓他一生事業的起點，也是他往上實踐理想的重要臺階。

或者說，詩文是丈量能力的尺。

因此，稍有文名的士人會有意識地收集自己的詩文，年輕時，即裱褙成便於攜帶的卷軸，帶去給其他名人評鑑，以此得到曝光機會；中年時，則把得意之作寄給遠方的親友交流；晚年時，把一生中的作品分門別類地編輯後，請人抄寫，或交給國家管理的史館收藏，或交給下一代，或佛寺、道觀等藏有文書的場所。

但是，這些詩文在唐代滅亡後的一千三百年來不停散佚，不管是戰爭、火災、水災或其他天災人禍，都造成了唐代文獻不可逆的傷害。今日存留下來的唐詩，很可能不到整體唐詩的十分之一，清代所修纂的《全唐詩》僅收錄四萬多首，造成許多讀者痛苦童年的《唐詩三百首》，更是選輯中的選輯。

如果說詩文是一個人留在世上的聲音，那麼有無數的聲音就這樣消失了。然而在萬千唐人中，有一個人的聲音仍然超大，而且始終自顧自地在世界迴盪著，讓人很想指著他說：「你是在大聲什麼啦！」

那就是白居易，一個造成我童年嚴重陰影的男人。小時候我媽逼我背他的詩，一上來就〈琵琶行〉加〈長恨歌〉，我當時只想，如果有一天可以見到白居易，我一定會揍死他。

然而，在我長大之後，我決定跟他和解了，原因爲何，且讓我道來。

白居易，在國文與歷史課本中非常有分量，然而，他的人生始於白媽媽不快樂的婚姻。白媽媽嫁了一個年紀足可當她爸的丈夫，早早就守寡，

孩子又還小，壓力當然很大。於是，她帶著白居易兄弟開始了寄人籬下的日子，也因此患了精神方面的疾病，所以白居易兄弟自小就經歷了人生中的各種折磨。

白居易在少年時進入長安，試圖以科舉翻身，也得到了一些長輩的幫助，可是他的運氣和家世不像老柳那麼硬，磕磕碰碰地考了十幾年，一年一年地考上去，直到三十多歲才算成功當上公務員。

就在這時候，白居易遇到身世背景和他極度相像的元稹，加上兩人對於詩文的看法也很相似，變成知交一點都不意外。他們的交情非常深厚，在兩人各自被貶謫的時候，寫下「**垂死病中驚坐起，笑問客從何處來暗風吹雨入寒窗**」「**微之，微之，不見足下面已三年矣**」之類的詩文來思念彼此，完全是有道理的。

爲什麼呢？大家不妨想想，在你最痛苦的時候，你沒有辦法打電話向朋友抱怨工作、抱怨人生；在你最傷心的時候，你也無法即時向朋友傾倒負能量；當你接到好朋友的信，信上說他生了很重的病、交代如果死了要請你幫忙照顧他的家人。可是……落款的時間是一年以前，你完全不知道對方是生是死，想去看他，但是不行，官員不可以隨意離開自己的轄地。而且就算你三個月都不休假，累積起來的假也只夠走個三分之一或一半的路程。

因此，白居易跟元稹對彼此的思念，並非矯情。那是一個等待的時代，是傳LINE已讀不回三秒鐘就會胡思亂想的我們，也得放慢理解才能稍稍體悟的時代。

不過，白居易和元稹最大的差別恐怕是他們的妻子。

白居易有一個沒結果的前女友和後來的一些姬妾，不過，他和妻子倒是白頭偕老，共貧同富。由於家裡的經濟狀況不好，白居易一直拖到三十好幾才娶妻，在那個時代，完全就是個魯蛇。白妻楊氏出身高門，她的堂哥們都是當時有名的官員，白居易也因爲妻子的關係有了一票大舅子小舅

子的後援，楊氏的親戚也很常出現在他的詩文中。

如果要說白居易一生中有什麼奉行不悖的座右銘，我想很可能是：「寫詩就是生活、活著就要寫詩」，因爲他做任何事都可以寫詩。因此，在和這些大舅子小舅子三叔公六姨父交際、聯繫或問候時，他寫詩；連在家裡，也不忘寫詩給妻子。

白妻楊氏雖出身顯貴，但她並非我們印象中那種奔放自由的唐代女性，而是一直以溫婉樸素的形象出現。她讀書不多，有可能不大識字，遇到本性囉嗦、愛寫詩的白居易，實在是有點無奈。如果以她的角度來想，她得照顧他一大家子，還要被他一直說：「我可能沒什麼成就，但是妳可不可以學孟光一樣舉案齊眉呢？」遇到這種事情，如果是我的話，應該就會拿案直接往他頭上砸去吧？

但楊氏還是很包容這個囉嗦的丈夫。在白居易的人生中，楊氏的支持相當重要，尤其如果有一大家子人靠著一個人的薪水吃飯時，持家就是主婦們的工作了。

如同其他的唐代官員，白居易曾在京城爲官、也曾外放到地方。在他正常的外放時，心情會比較好，他甚至會把自家仿作的長安口味餅送給朋友；但是在他貶謫到江州的時代、也就是〈琵琶行〉寫成的那幾年，他一開始的心情起伏很大，讓人懷疑他是否有病。

有的時候，他告訴元稹：

湓魚頗肥，江酒極美，其餘食物，多類北地。

江州的魚很鮮美、酒也很香醇，其他的食物和他在北方吃過的差不多，感覺不錯。

但他有時又寫詩給元稹在內的其他朋友說：

鼎膩愁烹鱉，盤腥厭鱠鱸。

也就是說，看著在鍋子裡剢嘟剢嘟煮著的燉鱉，覺得好噁心好哀傷，看到盤子裡的鱸魚，又覺得好腥臭好討厭……

而他有時候就算吃了還滿香的白米飯配冬莧菜（當時叫葵菜），明明自己也說白飯香軟、葵菜鮮美，所以吃得很飽，即便如此，他還是要在詩的最後來個回馬槍：「**憶昔榮遇日，迨今窮退時。**」意思是：「唉，我以前多麼風光啊，結果現在竟淪落到吃野菜。」

每次看到這裡，我實在替南方的食材感到不值。鱉肉的口感其實像裹了太白粉皮的嫩雞肉，營養價值很高，而鱸魚、野菜和白飯搭配起來應該也不差，被他寫成這樣，實在太對不起盤中的山珍海味。

有時候，我總想，如果我是元稹，或許也覺得頭痛，不是前一封信才說不錯？現在又在那邊說好油膩好哀傷，難道是男性更年期提前來到？

如果你以為白居易只會這麼煩，那就錯了。我必須再三提醒，白居易是個囉嗦鬼，他幹什麼都可以寫詩，就像那些吃個大亨堡都要打卡的重度FB控一樣，他早上起來吃了蔬菜配飯會寫詩、中午喝了茶會寫詩、下午陪孩子玩會寫詩、晚上太太叫他穿暖一點也會寫詩……因此，我們得以一窺這個男人反反覆覆的心思，也可以感覺到，當他的老婆還眞是一點都不輕鬆。

在江州安頓下來之後，白居易已經比較可以接受南方的飲食，於是他吃著鱸魚喝著酒，又開始放話了：「老家沒這美味，幹嘛一直想回家？（**故園無此味，何必苦思歸？**）」

是說，那你之前在那裡說很愁煩是在愁什麼！

江州位在湖南一帶，而後，白居易又被派去靠近四川的忠州。這次，他和弟弟白行簡一起從江州出發，途中與元稹見了面，接著就溯長江而上

赴忠州就任。

忠州不像江州有那麼多鮮魚，這下他脆弱纖細又敏感的神經就發作了。他隨即寫信給元稹，說這裡土地貧瘠，生計艱難，他吃飯只能吃「**飯下腥鹹白小魚**」，明明就很在乎自己吃不好，他卻偏要說：

飽暖飢寒何足道，此身長短是空虛。

這十四個字如果翻譯成現代的用語，就是：「讓哥哀傷的不是吃不飽穿不暖，是空虛！」這種假掰文青情調，放在今日也不陌生。

好在這唉唉哼哼的貶謫日子，白居易只多熬了一年，就被召回長安，直到兩年後轉任杭州刺史，後來又去了蘇州。在江南的七年很舒服，有錢有地位，白居易也就不再抱怨飲食了，取而代之的，是一派恬淡悠遠、與世無爭。後來，他重返中央，擔任了刑部侍郎、河南尹等重要的官職。他晚年一直都住在洛陽，也在洛陽退休。

中年之後，白居易與柳宗元的好友劉禹錫結爲至交。因爲兩人都待過南方，都能理解對南方食物的感情，在他們年邁時，也曾一起回憶在南方的美好日子。

當時，人們並不是只有端午節吃粽子，他們在夏至也吃粽子。而吃粽子這件事，在漢魏時代還是一種南方的風俗；在唐代，南北文化交流之下，粽已經是我們現在用糯米做的粽子了，不過各地還是有不同的做法，白居易是這麼寫的：

憶在蘇州日，
常諳夏至筵。
粽香筒竹嫩，
炙脆子鵝鮮。

這裡的「**粽香筒竹嫩**」，並不是我們今天吃粽子配竹筍湯的意思。其實，粽子最早就是竹筒飯，在《荊楚歲時記》中說，人們一開始紀念屈原就是用竹筒飯，結果屈原顯靈表示：「吃不到啊哭哭，要用蛟龍討厭的楝葉和五色絲線綁在外面我才吃得到。」於是人們才慢慢改進。而後來用竹葉綁成方的、綁成三角形的、綁成長長的，在裡面放入不同餡料，才成爲各地自由發揮的習俗。

在白居易的回憶中，蘇州人吃的粽子可能是竹筒飯，因爲如果只是用竹葉，就沒有筒竹嫩不嫩的問題。但是有吃過竹筒飯的人就知道，新鮮的竹膜有一種清新的香氣，口感特殊，所以我想唐代的蘇州在夏至吃的可能就是竹筒飯。

帶著竹子清香的竹筒粽、燒得脆脆的嫩鵝肉（燒鵝？），組成了白居易對於南方的美好回憶。

這首詩寫於白居易的晚年，當時，他閑居於洛陽過著退休生活，數十年宦遊的日子，讓他習慣了南方的米飯、新鮮的野菜及飲茶，使他家的餐盤上，除了北方的食物，也有了南方的菜色。顯然，楊氏和家廚也都習慣了那樣的烹飪方式，甚至南北融合，用牛奶煮粥吃。

白居易篤信佛教，在晚年，他開始多吃蔬菜，尤其是鮮香的竹筍和冬莧菜，常是他的早餐。即使是正餐，他也不再以牛羊肉爲主食。這位一路囉嗦到他死掉爲止的男人，寫了一首標題落落長的詩〈二年三月五日齋畢，開素當食，偶吟贈妻弘農郡君〉，讓我們看見他在晚年的家居人生。

魴鱗白如雪，蒸炙加桂薑。
稻飯紅似花，調沃新酪漿。
佐以脯醢味，間之椒薤芳。

在這頓飯中，楊氏替他準備的是新鮮的白肉魚，加了肉桂和薑清蒸，剛煮好的紅米飯上淋上奶汁醬，再佐以花椒和薤菜調製的肉食醬。

楊氏為什麼要準備這些重口味的菜色呢？因為白居易剛吃完長齋，得開開葷。而且不只是白居易食指大動，就連家裡的小侄孫或外孫們，都跑過來圍在他旁邊，想向爺爺多要幾口來吃。

此時，楊氏走進來，她已經是位德高望重的老夫人，受封郡君，卻還是被這死老頭一天到晚在詩裡叫「山妻」（我家那黃臉婆）。

這首詩裡，白居易又開了太太的玩笑，他說：

山妻未舉案，饞叟已先嘗。
憶同牢巹初，家貧共糟糠。
今食且如此，何必烹豬羊。
況觀姻族間，夫妻半存亡。
偕老不易得，白頭何足傷。

他用自嘲的口吻說：「黃臉婆你還沒舉起小餐几來，我這愛吃的死老頭已經先嚐了菜。哎呀，想起當年結婚的時候，家裡很窮，委屈你和我一起吃苦，現在我們可以吃得上這樣的菜，又何必殺豬吃羊呢？再看看親戚之間，不是丈夫先死就是妻子先走，能夠一起走到現在不容易了，又何必爲了白頭髮傷感呢？」

我們不知道楊氏的回覆如何，但這自言自語、自得其樂的白居易，在他人生的最後，享受了一段平靜安逸的時光。

妻子替他準備的小餐几上，既有來自北方的酪漿與肉醬，也有南方的魚和米。他的人生已經圓滿，即便是他多年來的無後之嘆，也因侄子過繼、女兒產下外孫而得到了慰藉。在洛陽這座交會南北的城市中，白居易毫無遺憾地離開人間。

在他死前，他把所有的詩文編成了文集，請人抄錄完整後，分藏在廬山、洛陽與蘇州的三座寺廟中；又把一部傳給了姪兒阿龜，另一部交給女兒阿羅，確保世上總有人會把他的詩文傳唱下去。

因此，直到今天，我們還能聽見一千三百年前的這個男人，在他人生不同時期的碎碎念，也還能看見他的食案上擺過哪些食物。

我小時候很討厭的白居易，在我長大後試圖了解唐代的生活時，提供給我許多有趣的線索。我總想，如果有一天我可以穿越去見他，我應該會對他說：

謝謝你，老白，你是萬千文史學人的好朋友。

第四章

元稹的酒

有一種夢想，叫與你再相見

在唐代的詩人裡，若要說誰的情史最知名，恐怕元稹不是第一也是第二。我總覺得他如果穿越到現代，應該會在網路上被圍剿，然後得封「爛軟男」「賤男」「渣男」之類的外號。但是他不是現代人，所以他對遠房表妹崔雙文始亂終棄、還寫成小說〈鶯鶯傳〉的行爲，不但沒被網友公幹，還被用來證明他爲了事業捨棄會耽誤他大好前途的美女……這在現代人看來無法理解的事，但在唐代是成立的。

年輕的元稹進入長安後，很快地求得功名、別娶高門。但這位出身高門、賢慧溫順的千金小姐婚後六年就去世了，於是元稹寫詩悼念她，「**曾經滄海難為水，除卻巫山不是雲**」說的就是她，看起來真是一往情深深幾許。但事實上是妻子去世後不久，元稹跑去四川工作，傳說就和成都的名妓薛濤談了一段若有似無的姊弟戀，然後呢？當然就繼續始亂終棄啦！

而後，元稹被貶到南方爲官，因爲家裡沒有主婦，朋友看他可憐，就把一個婢女送給他爲妾。由於士人不可以娶平民或賤民爲妻，所以這個妾室並沒有得到太多注目，元稹在貶謫時又常到處跑、不回家或拿薪水去喝酒，直到某天，元稹回家後才發現妾室已經病故，而她身邊一無長物，於是元稹搥胸頓足一番之後，隔年又娶了一位高門的千金。

看到這裡，我相信大家的拳頭都已經和砂鍋一樣大了……但是請稍安勿躁，讓我們繼續看下去。

元稹的身世得從他父母說起。元媽媽和柳宗元的媽媽一樣，是「五姓女」，但不知爲何，這位千金小姐卻嫁給元爸當續絃，丈夫去世後，元爸早年生的兩個兒子拒絕養活元媽媽母子三人，於是元媽媽帶著兒子回娘家，這悲慘的少年經歷，成爲元稹從小就不斷想往上爬、出人頭地的動力，至少鄉土劇都這樣演的。

大概十五歲左右，元稹先考了比較簡單的明經科，取得成爲公務員的資格，但是明經科大概就像今日的普考一樣，能考取官職的時間長、官也比較差，所以元稹準備再往更高級、可以補到更好官位的進士和制科前進[3]。此時，原先不理會他的異母兄才讓他回到長安的元家老宅讀書。讀了一陣子，元稹搬出老家，跑去一所道觀讀書，蹲了幾年沒成果後，他摸摸鼻子、款款包袱，離開長安去打工。他當時擔任的官職可能很小，小到有點可恥，所以後來他從不提究竟具體在做什麼工作，並在此時與表妹相戀。

歷史豆知識

五姓

「五姓七望」的簡稱，指清河/博陵崔氏、范陽盧氏、太原王氏、滎陽鄭氏、趙郡/隴西李氏等五個姓氏、七個家族出身的人。由於這七個家族的歷史久遠，具有優秀的家族學術傳承之外，也有雄厚的政治與經濟實力，從北魏以來，成爲社會上最具影響力的家族，在士族中列於最高階。唐帝國的皇室就屬隴西李氏中的一支，但也有學者考證認爲，李唐皇室爲了自抬身價而冒名依附於隴西李氏。由此可知五姓的地位。五姓家族之間常互相通婚，連結成綿密的人際網絡。

而後他再入長安，想考科舉又失敗，從此他捨棄了表妹、專心讀書。

3 唐人科舉，明經科較易，進士科較難，故有唐諺：「三十老明經，五十少進士」，意思是三十歲才考取明經，算是年紀大的；五十算就考取進士，還算是年輕呢。而在這些常科考試之外，制科是由皇帝下詔臨時舉行的特殊考試，考取後可直接任官。

就在此時，吏部開了一種叫「書判拔萃」的特考，限定已經有公務員資格的人可以報考，已經考過明經科的元稹也有資格入考，順利考取後，補進祕書省當校書郎，這個小小的官職雖然不太重要，卻在唐帝國的升官圖中是很好的起點，大概就像你玩大富翁，一開始就擲到六點又抽到好的機會牌可以前進兩倍速度那樣。未婚的元稹在前輩的引薦下，娶了千金小姐，認識了劉禹錫與柳宗元這兩個在當時被認爲聰明絕頂的天才。

那年，元稹二十五歲，差不多在此時，元稹遇到了他生命中最重要的人，在他的後半生，這個亦兄亦友的男人，是他詩作最常見的主題、最優先的讀者與最具影響力的啓發者。

這個人就是白居易！

元稹與白居易同年考上吏部科、又同梯在祕書省當官，他們和其他的同期常常一起鬼混。一群才子在一起，當然要喝酒，在酒國之中，他們盡情地玩文學、盡情地編織著對前程的大夢。

在後來的人生中，元稹無數次想起這段在長安的日子，那大概是他人生中最快樂的時光。當時，他有點閒錢、有點才名、有個出身高貴的妻子，有丈人和前輩們的提拔，有一票哥們，還有一個像哥哥一樣照顧他的白居易。永貞革新的風暴對他的影響不大，儘管他對永貞黨人的理想抱著同情，但反正他還是個小公務員，沒沾到好處也就沒有損失。

後來，他和白居易再次參加制科，這兩個很會考試的傢伙又再次考中，而且被年輕的憲宗皇帝召見，元稹抓住機會開炮，得到皇帝的賞識，一步步地爬了上去，白居易則暫時去外地當官。元稹在三年的朝夕相處後突然感到十分失落：

昔作芸香侶，三載不暫離，逮茲忽相失，旦夕夢魂思……秖得兩相望，不得長相隨……官家事拘束，安得攜手期。願為雲與雨，會合天之垂。

這詩其實不難懂，只是乍看之下，還以為是一首情詩……

早年的元稹有著年輕人的幹勁跟鬥志，卻也有點靠勢著皇帝與師長前輩，屢屢衝撞官場的潛規則。之後他被流放到南方的江陵，又與柳、劉做了同梯、一樣被朝廷召回，然後再被丟到四川的通州，前後約七、八年。

在貶謫的生涯中，白居易成爲他人生中最重要的慰藉。我們在課本上讀到的「**垂死病中驚坐起**」，就是因爲得知白居易被貶謫到江州，讓元稹嚇得從病床上驚坐起來。

大家要知道，那是個沒有LINE也沒有手機的時代，一封信通常要花上好幾個月方能寄達，有時甚至是知道誰要去哪邊後，才託人輾轉帶信到遠方。有一回，白居易在早夏寫成的詩，送到元稹手裡，已經是秋末了，這嚴重的時間差讓元稹非常沮喪。因此，只要收到白居易的信，元稹的心情總是非常激動：

遠信入門先有淚，
妻驚女哭問何如？
尋常不省曾如此，
應是江州司馬書。

這詩是透過他妻女的角度來寫，意思是：「剛收到一封遠方來信就先哭了，這是怎麼了？平常丈夫（爸爸）不會這樣的，應該是江州白司馬的信吧！」

元稹不像白居易那麼看得開。白居易對於貶謫的人生雖然有時哀嘆，但他仍能從生活當中找到一點生存的樂趣；然而對於元稹而言，在謫居地思念著老朋友、在旅途中尋找老朋友的痕跡，幾乎已是一種病了……他對白居易說：

朝朝寧不食，日日願見君。

元稹在貶謫期間生了幾次病，白居易會寄藥給他，元稹收到藥之後很感謝，卻又說：

唯有思君治不得，膏銷雪盡意還生。

「只有想你的這種病治不好，蠟燭都燒光了、雪都融化了，還是止不住想你。」這眞是太肉麻了，不過，像這種「樂天我想你呀」「微之別難過，我也天天爲你集氣」的詩，雙方加起來應該有超過一百首以上。

文人總是要喝酒的，快樂的時候喝、不快樂的時候也喝；升官的時候喝、貶官的時候也喝。酒裡寄託著各種情緒，味道相似的酒會喚起當年在長安的快樂；味道不像的酒也提醒著身在帝都之外的事實。高級酒家與宴會上的酒令人想起功名成就；村裡農家與自斟自飲的酒使人感嘆世態炎涼。

在當時，還沒有蒸餾的技術，所以不管是水果酒或穀物酒，都是濁酒，酒的濃度都不高，所以唐代那些號稱很能喝的人，如果拿伏特加或高粱給他們，可能一杯就掛了。當時與其說是喝酒，或許是在比誰膀胱強、喝得多。也因爲是濁酒，不耐久放，所以唐人並不崇尚喝陳酒，反而喜歡喝新酒和熱酒。酒家門口通常都會砌一個爐來溫酒，由賣酒的妹仔或阿姨一邊熱酒一邊叫人客來坐，這種攬客場景和現代的檳榔西施差不多。

但在家裡要怎麼辦呢？不要擔心，唐代生活小百科白居易都替大家寫好了：

綠蟻新醅酒，
紅泥小火爐。
晚來天欲雪，
能飲一杯無？

白居易用二十個字描繪了他的冬日小確幸。他搬了個小火爐，找來還沒過濾、還冒著泡泡和雜質的新酒，裝在火爐上燒呀燒（感覺等下應該要烤個魷魚乾），然後對朋友劉十九說：「我看晚一點要下雪了說，咩拎一杯謀？」

元白兩人都愛喝酒，也很常醉酒。元稹在朝廷時，喜歡與同事們一起泛舟玩耍，然後大家一起喝茫，懷著平靜的心情，靜靜地享受著春天。

等到他被丟出長安後，當然也要喝，只是越喝越愁。

在江陵，在慶典上群聚喝酒的鄉民們不再說著長安方言，而是一口他聽不懂的南方話。儘管他參加了江陵的划船比賽，卻無法融入團體，醉酒的歡樂也離他十分遙遠。

去通州，雖然「劍南燒春」在唐帝國是名酒，但是元稹無心品嚐四川人精湛的釀造技術，就連濾去雜質的做法對他來說都是不熟悉的，賣酒的妹仔也不再是長安城裡的金絲貓，而是奇裝異服的蜀地阿嬸。這回，他不想融入、也不願融入。

元稹是個純粹的北方人，縱然四川是他的偶像杜甫曾經到過的地方，他卻沒能像杜甫那樣理解蜀地的豐富物產，就連喝酒都成了一種折磨。

在元稹筆下的蜀地，是一個毒蛇、大蜘蛛和可怕小蟲橫行的地獄，通州的官吏們說著像鳥叫的通州土話，而滿山遍野的各種害蟲與炙熱難耐的

天氣，簡直快要了他的老命：

黃泉便是通州郡，漸入深泥漸到州。

這種超級看不起通州的文字，如果放在現代，被鄉民們分享出去，他肯定會被鄉民圍剿：「天龍人滾回去長安！」「不爽不要來！」「看不起通州？我們還看不起你呢！長安俗！」「來！來來來來！哩來！哩來！」「狗官！派這種人出來，皇帝不用負責嗎？吏部尚書出來面對！」

很可惜，我們並沒有看到來自通州視角的文字。事實上，我們太習慣閱讀這些天龍人的文字，而常常忽略長安、洛陽以外的人們，其實他們都有自己的聲音，這是在讀唐代文獻常要提醒自己的地方。

亟欲逃離四川的元稹，把希望寄託給身在長安或其他地方的朋友們。

一聽說白居易又回到長安、回到過去他們曾共度歡樂時光的祕書省，他簡直心痛了，因爲他覺得只有自己困在滿是蚊蟲的可怕環境裡，哭著自己晦暗無光的人生。

當白居易再度離開長安來到靠海的杭州當官，元稹又心痛了，他說自己「**一樹梅花數升酒，醉尋江岸哭東風**」，我想他哭的不是東風，是不能離開。

白居易成爲他與世界聯繫的窗口，也是他所有的精神寄託，他甚至幻想，白居易能否生出雙翼，飛來陪他一起喝酒……當然不可能啦！白居易又不是鋼鐵人。

就在這種反覆憂慮、自怨自艾的情緒中，元稹度過了近十年的時光。他費盡半生力氣想青雲直上，卻經歷了漫長的撞牆期，他反覆思量，如果有一天他能再回到朝廷、他會如何？他的詩並非寫好玩的，透過白居易與朋友們，他的詩文從遙遠的蜀地流傳到長安，成爲當時的暢銷作家。

等到朝廷所謂的「元和中興」大致完成後，元稹也終於回到朝廷。

這一次，他再也不是當年衝動莽撞的青年御史，他憑著一座又一座的靠山往上爬。先是宰相令狐楚，後是他在江陵就認識的宦官，因爲宦官，宮廷中也開始流傳元稹的詩文，他還被稱爲「元才子」，權貴們爭相與他結交，而元稹也不在乎和誰結成一黨，也不在乎別人說他沒有德行或沒有操守。

拋棄了原則，他在長安的官場上勇於擔任別人的炮火，捲入黨爭也不意外。透過宦官，年輕無知的穆宗皇帝信任他，在皇帝的保護下，他一步步地往上爬，捨棄了尊嚴、臉面和道德感，他只想穩穩地留在朝廷中。

他終於當上宰相，攀上了他那一代的天才們都沒登上的高位，出將入相。他再次離開長安後不久，出任浙東觀察使，成爲一方大員，他喝的酒再也不是自斟自飲的苦酒。他也開始有了一群聚集在門下的文士，在山水秀麗的江南詩酒唱和，豪奢的宴會上，往昔的陪客變成了今日的主人。

然而，元稹並不滿足，他仍關注著朝廷的變動，希望有朝一日重登宰相之位。

他終究沒能如願。五十三歲時，朝廷命他前往湖北的武昌軍任節度使，他終於爬到了一人之下、萬人之上的地位。卻在到任不久後，得了急病，一天就去世了。

一世拚鬥，一瞬間，戛然而止。

半生浮華，剎那間，灰飛湮滅。

汲汲營營數十年，拋棄了許多人、許多理想，太怕失去，致使元稹最終迷失在自己的欲望裡。他辜負的人很多，看不起他的人也很多；他擁有的很多，失去的也很多。

元稹去世之後，白居易退居洛陽，喝著小酒、過著他含飴被孫弄的退休生活，沒事就和劉禹錫閒嗑牙，又順便虧一虧老伴。

某一天，他在家中看到一些舊紙，那是元稹當年醉酒時留下來的詩。

詩文猶在，故人已無，白居易不禁感慨：

今朝何事一沾襟，撿得君詩醉後吟。
老淚交流風病眼，春箋搖動酒杯心。
銀鉤塵覆年年暗，玉樹泥埋日日深。
聞道墓松高一丈，更無消息到如今。

元稹的朋友很多，提拔過的人也不少，但在他死後，真正記得他的人，除了妻女，或許只有白居易和劉禹錫。

原來，這世上，真正在乎他、他也真正在乎的人，其實寥寥可數。

第五章

薛濤與孔雀

原來我從來就不是你的鳳凰

唐帝國燦爛光輝的文學史上，女性占的比例相當低，而這些躋身於文學史上的女性，又以后妃女官、妓女和女道士三類爲最大宗。造成這個現象的原因，是唐代的仕宦千金不能將自己的詩文外流，甚至是公主、郡主、縣主……等皇室婦女也不例外。上層社會中，唯有后妃如武則天、上官婉兒或後期的女官宋氏五姊妹之流，能夠以凌駕官僚系統的姿態，留下她們的作品。

既然識字的宦門婦女顧忌於社會觀感無法展露才華，那麼文才，就成爲跳脫傳統婚姻的妓女與女道士們交遊的利器了。

在唐代的才女中，先是官妓、後爲女道士的薛濤，雖然身在蜀中，卻才氣過人、名動公卿，甚至被中唐的詩人們稱爲「薛濤校書」。她的崛起，與詩人們間的情愫，甚至是最後的歸隱，都充滿了傳奇色彩。但是，當我們仔細查考薛濤的生平時，發現她的故事在後代的渲染中雖然更加豐富，卻有太多脫離唐代社會的說法，究竟眞實的薛濤是怎樣的女子呢？

薛濤在史料中第一次出現，已是及笄少女，當時她的身分是官妓。

前面說過，唐帝國將人民分作上層的皇室、士族與下層的良人、賤人兩大類。其中，良人指的是家世清白的百姓，賤人則是罪犯家屬、奴僕與伎人。唐代的「伎」並不全是賣身的妓女，也包括了善於歌舞、演奏、特技，甚至是長於說笑的男女，他們的戶籍列於教坊管轄，朝廷需要的時候，可以隨時徵召。這類戶籍上屬於賤人的妓女，也稱官妓，在中晚唐藩鎮中則稱營妓，她們也擁有相當程度的技藝，並不全憑賣身。

唐代的戶籍制度是父子相承，如此說來，在理論上，妓女的母親應當也是賤籍，但實際上卻非如此，因爲妓女很有可能是透過人口買賣而來。這類出身不明者，在一些研究中稱爲私妓，以此來與官妓分別。

如唐傳奇《李娃傳》的女主角李娃，就以「二十年衣食之用」的代價來贖身，顯然她從年幼時就被賣給鴇母長達二十年之久。在吐魯番文書裡，就曾有一戶的紀錄中有許多少女，被人口販子在邊境以較便宜的價格買下後，送往長安或其他城市賣藝陪酒或賣身。

盛唐是伎樂的光輝年代，喜好歌舞娛樂的唐玄宗召集各地伎人入京，建立起龐大的歌舞團爲他服務。有時在皇室宴樂時，他也會命伎人面對樓下的百姓表演，以此與民同樂。唐玄宗的音樂造詣很高，但更重要的是他縱容這些藝術工作者發揮他們的才能，他的寬容讓許多伎人感激在心，在他寂寞而孤單的晚年裡，仍有一些伎人追隨左右、不離不棄。

盛唐的歌舞昇平，使皇室喜好的樂舞和詩文成爲民間妓女吸引客人的必備武器，並延續到晚唐。因爲她們的主要客群，還是在帝國中最具消費力的士族。

薛濤的身世在唐代史料中並不明確，但是她從少女時代即能作詩，應當是在年幼時就有相當的文學基礎。不過目前無從查考，只知她原先可能是隴西人，至於所謂其父死後與母親無以爲繼而淪落風塵的說法，是宋代才出現的紀錄，可能只是好事者的穿鑿附會。

然而，薛濤除了天賦的才華之外，也恰好生在唐代文學最多采多姿的時代，也生在一個遠離兵禍、經濟繁盛的地方——四川，在這個繁花燦爛的舞台上，薛濤作爲中唐女詩人的代表人物，閃亮登場。

韋皋園中的孔雀

安史之亂中，唐帝國的腹心地帶遭到重創，士族四散、百姓流離。但是在遠離中心的江南、兩湖與四川，卻在大戰之後成爲承擔帝國財政的重要地區。其中，四川因爲特殊的地理環境和豐富的物產，從盛唐就開始積極經營，中唐之後更是西部經濟的重鎮。不過富饒的四川也不是沒有戰

爭，由於鄰近吐蕃與南詔，四川也是唐帝國西南防線的重要軍事據點，盛唐時就設了節度使以便防禦，楊貴妃的堂兄楊國忠就遣心腹經營四川多年，以此來掌控唐帝國的外交、軍事與財政。

安史亂後，玄宗、肅宗相繼去世，經過代宗朝的休養，德宗登基時曾經試圖收復河北，但因任人失當、不知軍心，一支經過京城、欲往河北平亂的軍隊嘩變，德宗不得已逃出長安。在這場「奉天之難」中，出身名門韋氏的青年官員韋皋由於助朝廷平叛有功，得到德宗的青睞，一路青雲直上，四十歲即成爲掌控四川西部的西川節度使，直到去世爲止，整整在四川待了二十一年。

韋皋在中央的眼中是個不可或缺卻又跋扈十足的人物。他盤據四川多年，以至於朝廷幾乎無法干涉四川的內政，在他晚年，積極地想從中央手中將整個四川的藩鎮都納爲己有，因此涉入了長安的政爭。雖然如此，在四川人的眼中，韋皋卻是豪爽愛民的大將，他對待將士極爲慷慨，又高薪禮聘許多人才爲己所用，一時之間，使得四川成爲長安之外的文化中心。

韋皋的慧眼不只提拔男人，也看中了薛濤的才華，在他的宴會上，薛濤以其卓越才思與敏捷反應得到韋皋的欣賞。現代的愛情故事中，男女之間的傾慕欣賞，總是走到非君不嫁、非卿莫娶的結局，但是在唐代，這段大將軍與小女子的情愫，卻是韋皋提供了薛濤一個展示自己的舞台，薛濤得以在他的庇護之下，於觥籌交錯中展現她的才華。

此時，南越國爲了巴結韋皋，特地送來孔雀，藩鎮不知如何安置這毛羽璀璨的珍禽，薛濤便倡議替孔雀開闢了一方園地，韋皋從之。由此，孔雀就成爲韋皋治理西南的重要象徵，而這位大將對於這個靈秀機敏的小女子，與其說是男女之情，不如說是他展示帳下人才濟濟的重要門面。

韋皋帳下擁有許多年輕的官員，大多經由科舉取得功名，薛濤在這些年輕人中也毫不遜色。

在唐代，科舉出身的官員通常第一任官是「校書郎」，是唐代官制中

一個極小卻象徵著擁有科舉功名的官職。女兒身的薛濤雖然無緣於科舉，卻在韋皋帳下被稱爲「校書」，儘管不是眞實的官職，卻也表示她的才學卓越。

少年薛濤高傲而莽撞。有一回，朝廷派來一名刺史，在宴會行酒令時，這位刺史顯然不懂規矩，於是被薛濤狠狠地奚落了一番。這位年輕才女在節度使的保護下，顯然擁有許多特權，此後，連朝廷的使節都必須先賄賂薛濤才能見到韋皋，而鋒芒畢露的薛濤，也毫不客氣地收下了這些金帛。人們捧著她，致使薛濤以爲這些名利都是她應得的、也確信韋皋不會過問，但是，當她收下朝廷的賄賂時，就已經跨過了韋皋的界線。

那一年，薛濤不過十七、八歲，她年少得志，侍從於韋皋身邊、名利雙收。但是，當韋皋知悉她受賄的消息時，一怒之下將她貶往松州、一個吐蕃與羌人雜居的邊疆州郡。薛濤這才明白，她不是翱翔於天地之間的鳳凰，只是韋皋園中的孔雀。

萬里橋邊女校書

聞道邊城苦，
而今到始知。
卻將門下曲，
唱與隴頭兒。

這是薛濤受貶至松州的心情，在這座邊城裡，沒有人明白她的文才，她只是個普通的官妓。爲了脫離松州，她不得不再三寫詩懇求韋皋讓她回到成都：

螢在荒蕪月在天，
螢飛豈到月輪邊。

重光萬里應相照，
目斷雲霄信不傳。

顯然韋皋一開始並沒有回應，她的姿態也越來越低：

按轡嶺頭寒復寒，
微風細雨徹心肝。
但得放兒歸舍去，
山水屏風永不看。

屏風是區隔內外之物，薛濤為了返回成都，向韋皋表示此後再也不涉足政事。

韋皋並沒有這麼簡單就回心轉意，薛濤不得不寫了十首詩，以十種離開主人的心情，表達自己對韋皋的依戀之情，詩題的犬離主、鸚鵡離籠、珠離掌……都顯示出高傲的薛濤在現實下不能不低頭的惶恐與卑微。

薛濤在松州的時間不到兩年，韋皋似乎覺得她受的教訓夠多了，於是讓她回到成都，並讓她脫離了官妓的身分。薛濤搬到了萬里橋邊，但仍然應邀前往各種酒宴，並與四川的官員們持續來往，只是這一去一返，讓薛濤看盡人情冷暖，從此，她漸漸地低調行事。與她同時代的詩人王建，就曾有詩贈她：

萬里橋邊女校書，
枇杷花下閉門居。
掃眉才子知多少，
管領春風總不如。

二十年過去，韋皋去世之後，新任西川節度使因不服朝廷的命令而被剿滅，西川迎來了新的節度使們，他們大多是曾在韋皋帳下的人。歲月流年，帶走了薛濤的青春年華，帶來一首又一首錦心繡語，就在薛濤年屆四十時，另一個男人闖入了她的生命。

別後相思隔煙水

韋皋去世的時間，正是王叔文、柳宗元等人主導的永貞革新失敗之時，德宗的孫子憲宗登基，這位躊躇滿志的年輕皇帝是唐代的中興之主，他在位的十餘年是唐帝國力圖振作的時代。

此時，元稹以監察御史的身分前往四川徹查藩鎮的不法情事。元稹一生辜負了許多女人，這個風流才子自然也久聞薛濤大名，亟欲一見。因此，當時的劍南節度使特遣薛濤去見元稹，希望消磨元稹的銳氣，卻沒想到，元稹此行與節度使正面衝突，也沒想到最後會是薛濤動了真情。

在薛濤的詩作中，有首詩寫於元稹離川之際：

芙蓉新落蜀山秋，
錦字開緘到是愁。
閨閣不知戎馬事，
月高還上望夫樓。

這首贈別詩中，薛濤自言爲妻，卻不曾寫明對方是誰，傳說，有可能是寫給元稹的。薛濤當時已然是美人遲暮，元稹卻只三十出頭，正是躊躇滿志之時，其才情風流自有迷人之處，但是他有皇命在身，與薛濤的戀情恐怕是不能公開的。

薛濤的等待最終沒有結果，這段姊弟戀無疾而終，元稹終究是個薄倖之人，直到多年以後顯達了，他才敢寫詩回贈薛濤：

錦江滑膩蛾眉秀，幻出文君與薛濤。
言語巧偷鸚鵡舌，文章分得鳳凰毛。
紛紛辭客多停筆，個個公卿欲夢刀。
別後相思隔煙水，菖蒲花發五雲高。

詩中雖然多有稱讚，卻不過是一紙空言罷了。

像薛濤與元稹這樣的故事，在唐代並不少見。中唐是唐代文化的成熟期，有才華的士人也常被節度使們破格錄用為幕僚，在地方與中央之間流轉為官，此處作別之人，也不定何時又重逢。

於是，唐代的筆記中出現了許多士人與地方的妓女們一見鍾情的故事，只是故事有時以離別作結、有時也能有美好的結局。悲喜之間，常常取決於地方長官的態度，若是遇到了豪爽明理者，通常會遣人成就良緣；但是也有心胸狹小者，造成了愛情的悲劇。

然而，有時造成悲劇的不是人，而是時間、是距離。有另一個故事，發生在一位外交使節身上。這個使節奉命前往新羅（今南韓一帶）擔任冊封新羅國王的冊贈使，他在山東半島的青州登船，因屢遭風浪，不得不暫留青州，因此，與當地的妓女段東美相戀。而後，使節前往新羅時染疾，屢屢夢見段東美出現夢中，不久就病死了。副使護送他的棺木回到青州，段東美聞知此訊，身穿素服來到驛站裡致祭，最後哀慟過度而死。

不過，薛濤並沒有爲元稹而死。她在年邁之後，傳說成爲了女道士，除了隱居學道之外，也開始製作各種花箋自娛，由於她喜歡深紅色，因此製作了許多色澤濃豔的花箋，後來也稱爲四川的名產「薛濤箋」。

薛濤約在文宗太和年間去世。當消息傳到長安時，舊識們紛紛以詩悼之，這位與李季蘭、魚玄機等並稱爲唐代女冠詩人翹楚的才女，一生未嫁、亦無傳人，只剩下一紙薛濤箋，襯著她那清麗如山嵐一般的詩，流傳至今。

第六章

天龍國之戀

緣分就是，有的被拾起珍藏、
有的隨水而逝

西元七到九世紀的世界上，可能沒有一個城市像長安一樣擁有那麼多的故事。

作爲唐帝國的首都，長安除了本地居民之外，更聚集了來自帝國各地的商旅、士人、軍人、官員與他們的家眷。多達百萬的住民，他們的悲歡離合與長安的命運相連，使長安城不只是他們人生的舞台，更成爲故事中的重要角色。而圍繞著長安城留下的史料，加上今日在古長安範圍內進行的考古挖掘與研究，組成了堪稱「長安學」的豐富學術成果。

「長安」這個名字誕生於漢初，與漢代修建的長安城一起沿用了數百年。世道變遷，當隋帝國統一南北朝後，有必要審慎選擇新帝國的首都。而當時漢長安城屢遭兵禍、土地鹽化，再也無法承擔一國之都必然的人口負荷，加上隋篡奪北周，城中不時傳出北周皇族鬼魂作祟的傳說，迫使隋在漢長安城的南邊重新規畫了新的都城，命名爲大興城，到了唐代，又將大興改爲長安。因此，唐長安城與漢長安城雖然同名，卻是不同的城市。

唐長安城大致上沿用隋代的設計，只更改了一些坊名。從空中鳥瞰，長安城的北面是政府機關所在的皇城，皇城的北方則是皇帝所在的太極宮。太極是宇宙萬物生成之始，一條朱雀大街從太極宮的正門朱雀門往南延伸，將整座城市一分爲二，如太極生兩儀，而東南西北中五個方位各有象徵的祭祀地，這樣的結構，顯示了時人的宇宙觀——長安城

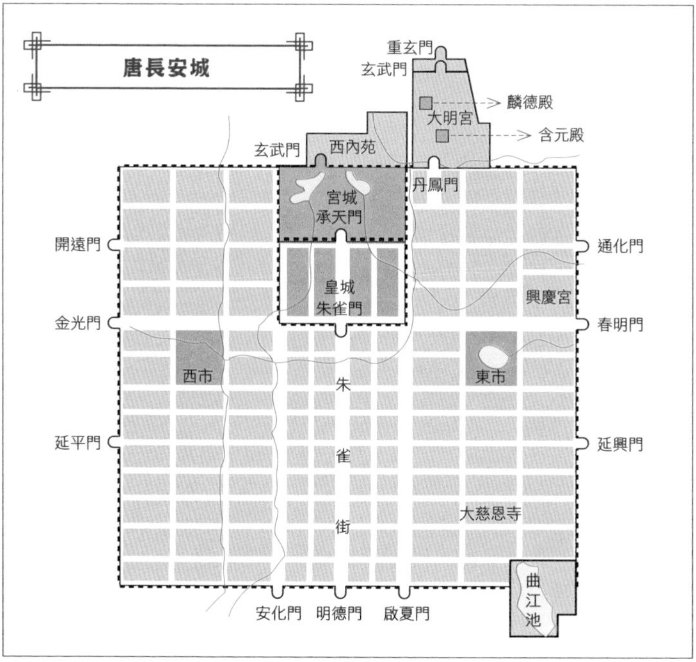

不只是人間的國都，也是宇宙運轉的中心。

儘管長安有著崇高神聖的意義，但在城中生活的人卻非神仙，大多數人仍爲生活勞碌。不過在文學作品中出現的長安人，常以悠閒的姿態，等待著四季變化時帶來的樂趣。

那個時代沒有手機，所以長安人習慣耐心等待——等待花開、等待夏夜、等待秋天烤熟的栗子、等待冬季不太常見的大雪……除此之外，還等待著每年正月解除宵禁舉國同歡、等待三月曲江邊上全城戲水玩耍、等待不知何時會送來的書信、等待不知何時會返鄉的親友，甚至等待倉皇逃離的皇帝再次歸來……因此，長安的故事裡，也有許多是關於等待與錯過。

長安之春——人面桃花

春天是長安最美的季節，這個時節，也正是科舉放榜的時候。城中穿梭來去的人，有不少來自外地的讀書人，不論失意或得志，都要趁著花開之際，折下一枝東風，翩然而過。

有個故事是這樣說的，一名落第的才子崔護在春天踏青獨行，來到一棵盛開的桃樹下。那一日，桃花紛飛，見得樹下有戶人家，才子便去求水，一名少女從門縫中與他問答，才知他是博陵崔家的人，那是一個延續長達數百年的名門、一個百姓不可能高攀的家族。才子與少女攀談，而少女只是深深凝望不語，最後才子只得離去。

隔年，才子又在桃花時節來到桃樹下，只見門扉深鎖，於是才子留下了一首詩：

去年今日此門中，
人面桃花相映紅。
人面不知何處去，
桃花依舊笑春風。

幾日後，才子又去，一名老翁走出來，指責他害死了獨生女。才子大驚，問起緣故，才知原來少女幾天前看見詩後，因爲絕望，絕食而死。才子聞言，請求入內致哀，少女容色如生，彷彿剛睡著一般，才子抱起少女屍身，放在腿上，抱著她的頭大哭：「我在這裡、我在這裡！」在才子的呼喚下，少女復活，最後嫁給了夢中情人。

不過，在前面薛濤的故事中說過，良賤不能爲婚，士族與沒有官銜的良人也不能成爲夫妻，一個五姓男子幾乎不可能迎娶平民少女爲妻，就算迎娶也只能是妾。所以這個美好的結局，從現實面來看，不大可能成眞，只是在故事中仍然圓滿，或許也是長安的春天不適合太多離別。

夏日錯戀——〈霍小玉傳〉

說到陝西，一般人的印象都是一片黃沙，不過在一千三百年前的長安城，四周有許多樹林，曾經號稱「綠海」，夏天不像現在那麼熱，但對於養尊處優的貴族而言，還是很不舒適。加上南高北低的地勢，使得夏季暴雨常常灌入皇城與太極宮，在氣候與水患的壓力下，初唐的皇帝們便在長安東北的龍首原上興建了大明宮。盛唐時代，大明宮取代原先的太極宮，成爲唐帝國的政治中心，也是許多士人與官員的夢想世界。

中唐時代的一個故事就發生在夏日的長安。剛考上科舉的青年李益在六月時來到長安，預備參加制科考試，考取之後可以得到很好的官職。擁有這樣大好前程的男子，總不乏有人介紹妻室。此時，有人向他介紹了一位美女，名叫霍小玉，她原是一位親王的女兒，因爲母親出身低賤而被兄弟趕出王宅，不得已淪落爲妓女。

歷史豆知識

外室

除了妻與妾之外，唐代的男人還有可能在外養情婦，這種情況稱爲「別居」。情婦所生的孩子常在父親死後發生財產糾紛，因此，唐帝國曾下令，如果外室所生之子沒有被生父領回家入籍的話，就不承認其身分。

才子佳人，年貌相當，自然是山盟海誓、難分難捨，兩年之後，李益果然考取制科、分發到外地任官。臨行之際，霍小玉殷殷囑咐，李益也再三保證安頓好了之後必來迎娶，兩人就此分別。沒想到李益剛到任，其母就已爲他訂了婚約，他不敢違抗母命、也不妥善地安置霍小玉，想令霍小玉自己斷了念想。

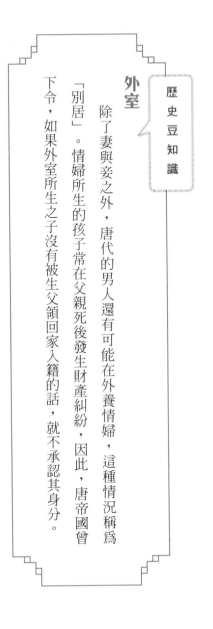

痴情的霍小玉仍在長安城中等待，全部的信都被已讀不回。耗去了青春、也散盡了家財，貧病交加中，她不得不質當了父親留給她的紫玉釵來維持生活。不料玉釵被宮廷玉匠瞥見、認出是親王從前命他所作，因而將此事稟報給一位公主。公主感嘆之下資助了霍小玉的生計，卻不過是延長了這場愛情悲劇。

而後，霍小玉病重，亟欲見李益一面，而婚期將近的李益雖已回到長安，卻沒有勇氣面對被他拋棄的霍小玉。最後，一位俠士聽聞此事後，半騙半擄地將李益帶到霍小玉面前。

面對負心人，霍小玉的愛與恨一樣深重，她不惜使自己化作厲鬼，詛咒李益永遠無法得到幸福的婚姻。

此後，李益成爲一個嫉妒的男人，他無法忍受任何男人接近他的妻妾。故事的最後，以一種懸疑的手法鋪陳了李益病態的占有慾，究竟是霍小玉的詛咒成真？或是這段愛情已成李益永遠的心魔？

一葉知秋——紅葉詩

長安城地勢最高的地方，是城南的芙蓉園。由於此處擁有戰略上的優勢，不宜讓百姓居住，所以隋代建了芙蓉園，作爲離宮。

芙蓉園外的曲江池則開放爲百姓可以遊玩的場所。春夏之際，這裡無疑是長安百姓的遊憩之地，但在入秋之後，就顯得蕭瑟許多。

曲江的水一路北流、進入城中，穿過行人往來的橋下，與其他溝渠會合，成爲皇宮外的御溝水。

御溝到底有多長、有多深？目前沒有確切的答案，但是圍繞著御溝產生的故事，卻有著相同的脈絡，就是寂寞。

唐代曾經是稱霸歐亞大陸的壯大帝國，爲了彰顯帝國的實力，唐代的皇帝們除了興建宮殿之外，也擁有大批宮女。

盛唐時代的宮女甚至多達三萬人，然而當中只有極少數人能飛上枝頭當鳳凰，其他則一生埋沒於宮中、至死方休。除了人們普遍傳說的「幽怨」之外，恐怕更多是看似永遠不會結束的絕望，說到底，就是如深秋一般的寂寞。

因爲寂寞，許多宮女只好尋求精神上的寄託，有的成爲佛教的虔誠信女，希望以今生的功德換取來生的幸福。這種心情體現在陝西扶風縣的法門寺地宮中，法門寺中的佛指舍利在唐代曾數次迎至長安，由於舍利被視爲佛陀本人，所以供養舍利的行爲也被認爲是極大的功德。

歷史豆知識

佛骨

傳說佛陀圓寂後火化，遺下了部分的骨骸與八萬多顆舍利子，平分給八位國王，各自建塔供奉，在阿育王時又重新收聚大部分的舍利，平分爲八萬餘份，分往各地建諸塔供奉，佛陀的舍利也流傳到東亞各國。法門寺

中的舍利是佛的指骨，為了怕有人偷盜，還另外做了幾個「影骨」來混淆視聽，其中一枚影骨是白玉做的，另一枚在探測後研判可能是中古時期的人骨，推測原是某位高僧的指骨，而地宮中還有一枚確定亦是人骨，在探測後的確定年代也與佛陀相去不遠，便是佛指舍利。

晚唐最後一次送回舍利後，地宮旋即封閉。千年後首度開啓時，人們發現除了官方列表的寶物之外，還有許多沒列在清單上的小東西，大多屬於女性，推測很可能就是宮女們的供養品。

除此之外，晚唐也有許多關於宮女的故事，其中版本最多的，當屬紅葉詩。由於唐代律令規定，宮女不得擅自與外人聯繫，若是被發現，雙方都有可能被處死，而在盛唐以前十分活躍的宮女集團，後也因皇帝的打壓而無法再隨意出入宮禁。

中晚唐的皇帝們爲了顯示仁德，最方便的方式就是放出年紀較長的宮女、讓她們出宮嫁人，以此降低後宮的怨憤之氣，並向上天昭示自己並非無道昏君。

紅葉詩的背景就出現在這個時代。詩中的主角有不同的名字，故事也有〈題紅怨〉〈流紅記〉等不同的名稱，但故事的結構是一樣的。

男主角都是來長安參加考試的士人，他們散步到御溝附近，在落葉中發現了一張寫有詩句的紅葉，上頭的詩句是：

水流何太急，
深宮盡日閒。
慇懃謝紅葉，
好去到人間。

或許詩中的寂寞觸動了這些男主角，使他們將葉子收了起來，在往後的日子裡暗暗思想，這些詩句究竟出於怎樣的女子之手？

其中一個版本的故事中，男主角也在紅葉上題了兩句詩：「**曾聞葉上題紅怨，葉上題詩寄阿誰？**」並將紅葉再放回御溝中。

數年後，男主角們或是登科爲官、或是下第不仕，最終都在皇帝放出宮人的時候，偶然地與一名宮人結成良緣。最後，宮女在丈夫們的衣箱找到了紅葉，發現這段緣分早有前定。

紅葉詩的故事大多有著良緣得偕的美好結局，其中最完整的版本出現於晚唐到宋代之間。故事的男女主角甚至在戰爭中逃往四川之後得以拜見皇帝，並得到了皇帝的祝福與賞識，最後兒女成行、夫妻和美。

但在另一個版本的故事中，男女主角相遇卻是在皇帝逃往四川的時候。當時長安大亂，宮人也不得已地逃出皇宮，兩人遂於一戶民家中相遇、相戀，在亂世中無法獨行的女主角委身男主角，兩人相偕逃往較爲安全的四川。

行經綿竹時，一個路過的宦官發現了女主角，逼著她上馬要帶她回到皇帝身邊。失去情人的男主角十分沮喪，不過當天晚上，女主角又回到了他身邊，表示自己賄賂宦官，只爲與他相守，於是兩人相偕回到男主角的老家。

數年之後，男主角生了重病，一名道士說他面帶邪氣。此時，宮女才坦承自己被宦官帶走時就已自殺身亡，只因感受到情人的思念之情，才追隨至今。但畢竟人鬼殊途，爲了情人的性命著想，最後宮女與男主角置酒訣別後，悄然離去。

秋天給人的感覺既有蕭瑟、也有豐收。紅葉詩的兩種結局，如同御溝中的秋紅，有的得以被拾起珍藏、有的則隨水而逝。

雪中真情——李娃傳

在諸多唐代的傳奇中，〈李娃傳〉的故事通篇發生在長安，其中透露的長安風俗和主角們於巷里間來去的身影，增加了故事的魅力。

〈李娃傳〉的男主角鄭生也是入京趕考的名門子弟，他與李娃的相遇是標準的歡場情緣，並為李娃揮霍了所有財物。而後，鄭生遭到李娃與其鴇母無情拋棄，身無分文之後方知柔情不過是騙局，而他也無顏向親友求助，最後，只好憑著名門子弟的風度與天生的好歌喉，到專營喪葬事務的凶肆[4]中唱輓歌為業。

他在凶肆中很快得到了同事們的歡迎，並成為長安城中有名的輓歌歌手，在長安兩間最大的凶肆於天門街上比拚的時候，他也特別被延請去唱歌。天門街是長安皇城的最前方，也是長安最醒目的廣場，鄭生的哀婉歌聲在比賽中成為焦點，卻也因此被前來長安述職的父親發現獨生子竟在從事這樣的工作。鄭父氣憤難耐，將兒子帶到人煙稀少的城南，打成重傷後丟棄現場。

還好，鄭生的同事們將他救回，可是他的傷勢過於嚴重，不久，連凶肆中人也不大願意理會，鄭生只得淪爲乞丐。長安城的歷史上，冬天其實不常有大雪，卻偏讓鄭生遇上了，嘗盡人情冷暖的他在大雪中沿街乞討，最後凍倒在一戶人家之前。他的聲音引起屋主的注意，屋主開門一看，四目相對，原來就是李娃的新宅。看見往昔的翩翩公子淪爲乞丐，李娃感到十分自責，她以身上的繡襦蓋住又臭又髒的鄭生，將他帶回家中照料，並資助他讀書、重回科舉考場。

而後，鄭生終於完成當初入京的目的、成爲一名官員，但他不像李益那樣絕情，反而執意地要求李娃與他成婚同行，李娃卻拒絕了，不過在

4 古時專門替人辦理喪事的店鋪。

鄭生以死相脅之下，李娃勉強地同意與他一起到劍門才分手。兩人來到劍門，沒想到鄭父也在此地，父子相認之後，鄭父才知道李娃的事，並促成了李娃與鄭生的婚事，而後，隨著鄭生平步青雲，李娃也終受封爲汧國夫人，成爲當世所稱道的賢婦。

李娃的故事結束於九世紀左右，而長安城中的故事，則在十世紀初劃下句點。在唐帝國滅亡前三年，軍閥挾持著皇帝離開長安，並拆毀了當年以傾國之力興建的皇宮，將所有的構件丟入河中，讓水流帶往洛陽，逼迫百姓遷往東方。在震天的哭聲中，長安城失去了三百年來的首都地位，也失去了在文學上璀璨閃亮的位置。

貳部曲

人生無常，盛衰何恃

——那些千年不變的人生規則

第七章

杜甫的護唇膏

我的一生已然輝煌過一次

前些日子，朋友自己做了護唇膏，我去拜訪時，也「受賜」了一條。在此之前，我托另一位朋友買了新的面霜，這兩件東西帶回家之後，放在桌上，不禁讓我想起了一位不是那麼熟的朋友，他曾經拿到一樣的東西，然後高興寫了一首詩。

這位朋友，想必大家在課本裡都讀過他的名字。他叫杜甫，江湖人稱杜子美、杜工部，後人給他取了個聽起來很了不起的稱號「詩聖」，好像他的詩被當時的人奉爲圭臬，事實上，在唐帝國三百年、加起來數以百萬計的官員中，他在政治上並沒有太大的成就。他在生前並不那麼有名，死後也被埋沒了很多年。

不同於全身上下連毛孔都散發著「就是霸氣就是狂」的李白，杜甫的光芒並不顯著。他是個努力的人，是那種在小時候媽媽會用來砥礪你要好好讀書、勤能補拙的例子，當然，媽媽不會告訴你，其實他這一生都過得很辛苦。

杜甫雖然出身還不錯，卻不是有錢到躺著就有官做的程度；他娶了一個不錯的老婆，但妻家也沒有好到讓他可以少奮鬥二十年；他書讀得很不錯，但沒有強到讓他一次就獲得考官青睞。就像一般的士人一樣，杜甫努力地讀書、努力地找工作、努力地賺錢養家、努力想帶家人遠離戰火……可是時運並不向著他，他輾轉於天地之間，始終沒能找到一個長久的容身之地。

當然，轉職率高有一定的個性問題，但是我們今天並非在討論他有多白目，而是要說說，在他人生中那少數一閃而過的光輝，也就是，他的護唇膏。

相對於濕暖的南國，長安城的冬天還是比較乾燥，不注意保濕就會造

成皮膚的問題。

所以，冬天的保養品是不可少的。那麼，唐帝國的人、尤其是消費得起保養品的達官顯貴們，都用什麼保養品呢？

其實林林總總還不少，大致就分成「口脂」與「面藥」。請不要看到脂肪的「脂」就很驚嚇，脂就是油膏，換成現在的說法，口脂就是護唇膏，面藥就是面霜。

一想到古代的保養品，大家可能想到的是中藥房裡一罐罐一瓶瓶用瓷器裝的東西。當然，做好的保養品直接放在瓶罐裡是很簡單的，但是，條狀的護唇膏其實淵遠流長，在一千多年前的醫書《外臺祕要》中曾明確記錄如何製作出一管一管的護唇膏。

簡單地說，就是拿一根小竹子取無節的一段，從中剖成兩半，用紙把竹子連著底部包好，用繩子緊緊纏裹，然後把做好的口脂灌進去；冷卻之後，打開紙，把竹子分開，再放進象牙或銀管裡就成功了。

急面皮方

純天然膠原蛋白洗面乳

功效

夜間可做凍膜使用，免洗淨，快速除皺，一夜使肌膚緊緻拉提。

※愛護海洋，拒用魚皮膠原。

配方

大豬蹄 一只，治如食法

水 二升

清漿水 一升

用法

不渝釜中煎成膠以洗面，又和澡豆夜塗面，曉以漿水洗，令面皮急矣

崩壞國文出品

其實現代人手作護唇膏也是用差不多的方法，只是工具從竹子變成塑膠管而已。

至於這些面藥的製作方法，可就多了，目前只能從孫思邈的《千金翼方》和《外臺祕要》中找到一些記載，如果翻譯成現代保養品的文案，還滿有趣的，以下從中選錄幾則改給大家看看：

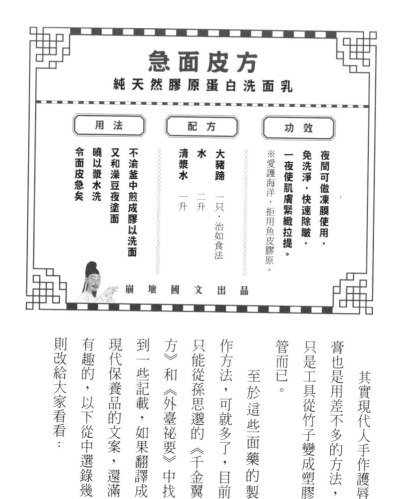

面藥方

醫美等級高效美白霜

功效

純天然礦物萃取，配合療程使用，不可隨意洗臉兩週還妳淨白肌膚。

配方

黃鷹屎 一升　雄黃（研）
水銀霜 各半兩　朱砂（研）
胡粉 二團

用法

上五味合和淨洗面夜塗之。以一兩藥和面脂，令稠如泥，先於夜欲臥時澡豆淨洗面，並手乾拭塗面，濃薄如尋常塗面濃薄，以指細細熟摩之，令藥與肉相入乃臥，一上經五日五夜，勿洗面，止就上作妝即得，要不洗面。至第六夜洗面，塗一如前法。滿三度洗更不塗也，一如常洗面也，其色光淨，與未塗時百倍也。

崩壞國文出品

手膏方

天然礦物萃取漢方護手霜

功效

萃取植物和天地靈長之精華霜。

配方

桃仁杏仁 各二十枚，去皮尖
橘仁 一合　赤匏 十枚
大棗 三十枚
辛夷 仁芎 當歸
牛腦 羊腦 白狗腦
各二兩，無白狗，諸狗亦得

用法

上一十一味，先以酒漬腦等，又別以酒六升煮赤以上藥，令沸停冷，乃和諸腦等，然後碎辛夷三味，以綿裹之，去棗皮核合納酒中，以瓷器貯之。五日以後，先淨訖，取塗手，甚光潤，忌近火炙手。

崩壞國文出品

急面皮方：

處理好大豬蹄，加上水兩升和清漿水一升，放在用油脂養成的鐵鍋裡煮成膠洗臉，再和在澡豆（捏成豆狀的洗顏粉）裡，晚上塗臉，早上用漿水洗掉，可緊緻臉皮。

面藥方：

朱砂粉、雄黃粉和水銀霜各半兩、胡粉兩團、黃鷹屎一升。以上五種材料和好之後，先把臉洗乾淨，用一兩的藥和上面脂，調到濃稠的狀態。晚上要睡覺之前，先用澡豆洗臉，手擦乾，用藥來擦臉，厚薄大概是平常用的面霜濃度，然後按摩臉部，讓藥滲入皮膚之後再去睡覺。擦第一次的時候，五天五夜不要洗臉，要化妝就直接上妝，千萬不要洗臉。第六天晚上洗臉，再塗一次，反覆三次之後就不用再塗了，之後就可以隨便洗臉，讓臉色光淨，比沒塗的時候還要明亮百倍。

手膏方：

先用酒泡著牛腦羊腦白狗腦，然後用六升的酒把桃仁杏仁橘仁赤匏煮到紅，放涼之後和三種腦和在一起，然後把辛夷仁芎當歸弄碎，用棉布裹著，去掉棗子的皮核

口脂方

手工草本護唇膏

功效

天然草本手工製作，無添加物。

※本品含麝香成分，孕婦請勿使用。

配方

熟朱 二兩　**紫草末** 五兩

丁香 二兩　**麝香** 一兩

用法

上四味，以甲煎和為膏盛於匣內即是甲煎口脂如無甲煎即名唇脂非口脂也

崩壞國文出品

後泡在酒裡，用瓷器儲藏。五天後，先把手洗乾淨，再拿來塗手，很光潤，但是不要太靠近火，會燙傷手。

口脂方：

以熟朱紫草末丁香麝香和著甲煎（甲香、沉香、丁香、藿香、薰陸香、楓香膏、麝香和大棗等高級的香料做成的香膏）做成膏狀，放在匣子裡，就是甲煎口脂。如果沒有甲煎，就是唇脂，不是口脂。

看到這裡，大家可以知道，其實唐人對皮膚的要求，就是「緊緻、拉提、美白、保濕」，實在和現代人沒有差很多啊。

話又說回來，那麼，杜甫是否使用過前述的保養品呢？

說真的，他到底用的是哪些配方，我們並不知道。但是，他確實曾經收過保養品當禮物，是誰沒事送保養品給他呢？

是唐玄宗的兒子、肅宗皇帝。因杜甫在戰爭中仍一片赤誠前來投奔，肅宗授予他左拾遺的職位。

這其實是唐代的宮廷風俗。皇帝在正月會頒賜口脂、面藥給大臣，不是人人都有，只有親信、宰相、北門學士和諫官可以得到，杜甫就屬於諫官。換言之，收到這些保養品，就顯示你是皇帝所看重之人，收到禮物的人要寫一篇文章感謝皇帝。

這些東西是誰做的呢？在朝廷的編制中，主掌皇帝健康情況的是殿中省尚藥局，局裡有編制兩個「合口脂匠」，換成現代的說法，這兩個公務

員可能叫「護唇膏技師」。他們具體的工作內容並不明確，是不是所有皇帝自己用或送給大臣的護唇膏，都是交由他們來製作？這個我無法確定。但我認為，如果是由皇帝頒賜的禮物，實在不可能買現成的回來，然後打上「〇〇皇帝贈」之類的字樣就送給大臣，反倒正因是皇帝用來顯示恩德的禮物，由皇帝御用的匠人製作，似乎更合情理一些。

對於重臣或皇帝本人而言，這只是個例行公事下的小用品，但是四十六歲的杜甫初次收到這個禮物，歡喜地寫下了這首詩：

臘日常年暖尚遙，今年臘日凍全消。
侵陵雪色還萱草，漏洩春光有柳條。
縱酒欲謀良夜醉，還家初散紫宸朝。
口脂面藥隨恩澤，翠管銀罌下九霄。

臘日，就是農曆的十二月八日，是一年中最冷的時候。杜甫寫這首詩的時間是唐肅宗至德二年（A.D. 757），這一年，安史之亂仍在持續，但西邊已重歸唐廷，已然退位的唐玄宗從四川回到長安，看起來，唐廷已積蓄了足夠反擊的力量。

當然，對杜甫而言，最令他感到今年冬季比往年溫暖的原因，是他擔任了「左拾遺」。這個官職雖然不是非常高，卻是唐代的中樞機關「門下省」中一個很重要的位置。

大家在課本裡都學過，唐代是三省制，中書提出政策、門下審核、尚書省分給六部來執行。那麼，三省當中誰比較大？一般都會說尚書省比較大，因爲它編制最齊全。

事實上，尚書省的工作就是執行中書省的政策、不能拒絕，唯一可以反駁中書省意見的機構，就是門下省。所以在盛唐之後的三省制，其實逐漸走向以中書門下爲主，以至於皇帝如果要任命原本沒有資格成爲宰相

的官僚入閣，就必須先給他配個「同中書門下三品」的頭銜，表示「這個人就視同在中書或門下的三品官」。

門下省還有一個重大的權力，叫做「封駁」，包括了「封還」和「駁正」。皇帝的詔命或敕書都必須經過門下省，如果門下省覺得不妥，可以用「封還」把它退回、拒絕執行；覺得哪裡有錯，也可以使用「駁正」退回要求改正。門下省可以說是國家的剎車機制，能進入這個體系，

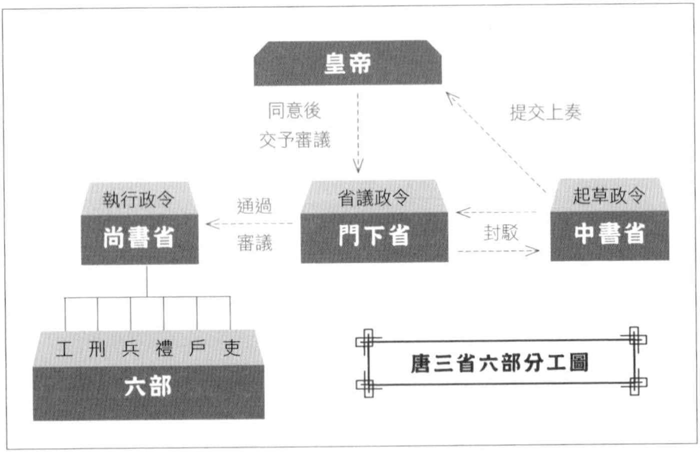

唐三省六部分工圖

就掌握著一個國家的方向。杜甫被選入了門下省，他的工作是向皇帝提出諫言，這個職位也象徵著一個人的剛正不阿，因此能得到這個位置，是個重要的肯定。同時，儘管這個職位品階不高，卻能親近皇帝，做得好，就能得到皇帝認同，一步步往上實踐夢想。

至德二載的冬季，是杜甫一生中少有的燦爛時光。在一片冰冷的雪景中，他不覺得冷，他看見了金針花的嫩苗，明明是蕭瑟的柳條，在他看來卻隱約露出了春天的信息。可能是在下班回家的路上吧，杜甫正盤算著晚上喝個通宵。

是什麼事讓杜甫那麼高興呢？

因爲他今天受賜了皇帝的保養品，他懷中的護唇膏可能是象牙或銀管製成的，上面或許鑲著翡翠、琉璃或翠鳥的羽毛，是他平常不會得到的。至於面藥，金盒或銀盒上面打著香羅結，旁邊是皇帝親手寫的墨敕。

若是重要的大臣，都是由內侍將賞賜親送到家。但從杜甫的詩看來，

他的賞賜可能是在上班時被統一發送的，所以他一路把禮物帶回家。揣在懷中的口脂面藥，用象牙、金銀與翡翠點綴的美麗器皿盛裝著，一切都那麼美好。

清冷的冬季，曾經悲憤吟頌「**國破山河在，城春草木深**」的長安城，或是曾有落魄王孫走避的巷弄，在至德二年可能都沒有太大的改變。但此時的杜甫心中充滿希望，期盼已久的人生春天即將到來，他深信不疑。

那是杜甫第一次、也是最後一次拿到皇帝的賞賜。隔年，他被貶謫，永遠離開了門下省，再也沒有回去。

讀這首詩的時候，我常常在想，如果時間可以停在至德二年的深冬，就好了。

杜甫，你也是這樣想的嗎？

第八章

上官婉兒與她的老闆們

唯有一個女子，可以丈量天才英才

二〇一三年，在陝西的一處建築工地附近，考古人員發現了一座唐代墓葬。全長三十六．五米，有五個天井、四個壁龕，墓室塌陷，連地磚也被揭起，沒有任何壁畫。

墓葬中只有一些陶俑陪葬品，沒有安置屍骨的棺木或包覆棺木的石槨，只餘零星的小骨塊，最後證實這些骨塊也不是人骨。從考古學的角度來說，這是一座空墓，墓主人的陪葬品與屍骨可能已被遷移到另一個地方去了。

然而，墓葬中留下了一塊青石板及同材質的石蓋。這塊沒被帶走的石板上，刻著墓主的生平，這些文字被稱爲「墓誌銘」，這就是墓主的親友對於此人的評價與相關紀錄。

墓誌銘的石蓋上刻著「**大唐故昭容上官氏銘**」，唐是國號，昭容是後宮妃嬪的品級。在唐的制度中，皇后對應著皇帝，是超越官制的存在，皇后所統率的後宮也像皇帝統治的官員一樣，分成九品官階，給予相對應的待遇：正一品有四妃，接著是正二品的九嬪，昭容就是九嬪[1]之一。換言之，這座冷清的墓葬中曾經葬著一位唐宮的高等妃嬪，而上官氏就是她的姓氏。

在唐代的歷史上，曾任昭容、又姓上官的人，僅只一家。

那就是女文豪上官婉兒。這位活躍於初唐的女性，以傳奇性的一生和華麗敏捷的文才，成爲千年來屢被提起的話題。

她既是女皇武則天的心腹、又是女皇之子唐中宗的妃子；既被視爲婦女從政的先鋒、也被指作惡女妖婦。不論是肯定或否定，多數人都認爲她是中國史上前無古人、後無來者的特殊人物。

---

1 九嬪，古代帝王的妃子。歷代均有此制，然名稱不盡相同。如唐以昭儀、昭容、昭媛、修儀、修容、修媛、充儀、充容、充媛為九嬪。

但是，除了後代賦予的女權或父權評斷之外，上官婉兒到底被她的「老闆們」放在唐代體制中的哪個位置？她又如何發揮她的影響力？

文量天下文才的女人

上官婉兒的出生充滿傳奇，傳說她母親懷胎時夢見天人遞給她一個秤，並預言這孩子將要秤量天下文士。她的祖父是當時的宰相，聽說了此事，歡喜不已。但是，當她呱呱墜地時，上官一家都覺得那個天人肯定搞錯了，能秤量天下文士的人，怎麼是女兒身？

隨著祖父因得罪皇后武則天被殺、上官婉兒與母親被送入皇宮爲婢，一連串的變故，使得天人的預言聽來越顯諷刺。

同時，武則天的地位卻越顯穩固，她與丈夫唐高宗帝后並尊，稱天皇與天后，夫婦二人一同執掌唐帝國。久病厭世的唐高宗，不得不考慮繼承的問題，對他而言，最能夠理解他意志的人，非妻子莫屬，他甚至一度考慮直接傳位給武則天，將來再由武則天傳位給太子。只是這個過於前衛的想法，很快就被臣子們反對而告終。

隨後，武則天與親生兒子們展開了激烈的政爭，兩位成年並有賢德之名的太子一死一廢，而後，武則天將才智平凡的三子、後來的唐中宗送入東宮。

事實上，天后取代了理當接班的太子，理當天無二日的帝國中，出現了第二個太陽。

也就在此時，命運將上官婉兒送到了武則天面前。在婉兒的墓誌出土之前，沒有人知道這對君臣如何相遇，只知道當婉兒開始參與政治時，唐高宗已死，武則天不只取代了兒子們，她的武周帝國也將代唐而起。

武則天的時代成就了上官婉兒，但是，她眞正秤量起天下文才，卻是在武則天去世之後，她投靠中宗，並成爲中宗之妻韋后的心腹。

中宗是個溫厚的老實人，才智學養都不如他的父母兄弟，因此，曾

被武則天重用過的婉兒被封爲「昭容」，名義上是妃嬪，實際上是祕書。中宗對政事既無能力也無興趣，於是大權落到韋后手中。而諳於政事的婉兒，更透過中宗夫婦擁有了幾乎與外朝宰相相等的權力，一言一語，就使人飛黃騰達，於是文人們無不希求婉兒的評價，她眞正地成爲秤量天下文士之人。

然而，中宗的時代並不平靜。在以其弟睿宗爲首的李唐宗室和支持韋后的武則天家族之間，中宗左右爲難，最後在韋后和婉兒的推動下，中宗將愛女安樂公主嫁入武氏家族，也讓整個宮廷傾向了武周的舊勢力。

這也引起了李唐宗室的不滿，在中宗突然身亡後，睿宗與其妹太平公主隨即發動政變。睿宗之子、即後來的唐玄宗，帶兵入宮，斬殺了韋后與安樂公主。婉兒試圖迎接玄宗以延續自己在新時代的地位，但是玄宗仍將婉兒處死，結束了這位盛世女相的一生。

生前輝煌、身後冷落

一千三百年來，婉兒葬於何處，無人知曉。直到墓誌出土，才發現此處即爲上官婉兒埋骨之處。但是，盛唐時期的人講究厚葬，爲什麼婉兒的墓葬卻如此淒涼？

由於中國各地的墓葬常有盜擾，因此婉兒墓的狀況不禁使人懷疑是否曾被盜墓賊造訪過。不過考古人員首先注意到，墓葬被破壞之處僅在墓室與甬道後方天井，甬道前端與壁龕則保存完好，不像盜墓賊所爲。

再從墓葬中的狀況推測，這個墓室可能在唐代時就已被刻意破壞，目的是爲了懲戒墓主。考古人員的推測不是沒有道理，這是因爲唐玄宗曾有幾次破壞墓葬以示報復的行動。

首先是他後來在政爭中，將姑母太平公主逼死，將公主的屍身棄於野外，並將其夫的墓葬剷平。唐玄宗的母親被武則天所害，他的成長過程中也遭到武氏家族的壓迫，此外，他也對韋后母女頗有敵意，因此在掌權之

後，就曾破壞武韋兩族的墓葬。

但是，這些紀錄都是文字史料，還沒有確切的證據。倘若此說是眞，那麼婉兒的墓葬可能是第一個被確認了「官方破壞行爲」的唐代墓葬。而史料上玄宗惋惜婉兒才華而收集其作品的記載，可能只是玄宗的政治表演，或是出於旁人之意而爲。

這個旁人會是誰呢？從目前已經公布的墓誌錄文中可以發現，上官婉兒死後是由太平公主出資辦理其喪事，公主甚至派遣使者至婉兒墓前弔祭致哀。

如此看來，在睿宗即位之初權勢熏天的太平公主顯然對婉兒的死感到惋惜，畢竟她們曾有多年交情，那麼以公主主導收集婉兒文章的事也就不奇怪了。由墓誌的記載也可以猜出，毀墓行爲應當發生在太平公主垮臺之後。而婉兒墓所在的位置鄰近底張灣，太平公主的子女中有兩人葬於附近，或許是公主有意將曾替母親、兄長效力的婉兒庇護於此吧？

佞臣？忠臣？女主政治下的女官

在上官婉兒的墓誌中，其家世大致與史書吻合，比較特別的是墓誌中提及，她在十三歲時受封才人。才人是品階較低的妃嬪，一些學者認爲，這顯示婉兒可能與武則天一樣，先做了先皇高宗的妃嬪、又在新君中宗登基時爬上高位。這個說法雖然符合一般的推斷，但是細思下來，有些地方並不確實。

首先，唐宮分作內官（妃嬪）、宮官（女官）與官婢（罪犯、國家的奴僕）三層，內官與宮官須是良家子（家世清白的平民）或官宦之女，婉兒身爲官婢，不可能以正常的管道推選爲妃嬪。而且武則天是善妒之人，婉兒的祖父又曾是武則天的政敵，倘若高宗與婉兒有私，武則天豈有善罷甘休之理？反過來看，武則天不拘一格提拔人才的性格，在外朝官員中屢見不鮮，她也曾經在一個官婢的讒言下，猜忌兒子睿宗，如此看來，破格提拔婉兒，似乎更像是武則天的風格。

《新唐書》在婉兒的本傳中說她：「**年十四，武后召見，有所制作，若素構**。」年歲上與誌文相去不遠，誌文提到婉兒受封才人的段落，並未提及其美貌，而著重於她的文采。

如此看來，婉兒是以文采得到信任、而不是一般以美色侍君的妃嬪。與其說婉兒先後爲高宗、中宗父子之妃，不如換個角度來思考，有沒有可能是武則天從結構上把內官調整爲替她效力的女官？

換言之，當時已貴爲「天后」的武則天，將原該作爲皇帝姬妾的妃嬪之位，變成她提拔親信的空缺。而這個內官「官僚化」的過程，似乎持續到了中宗時代，女官們甚至不需住在宮中，而可以像一般的男性官僚一樣在宮外立宅另居，直到玄宗在政變中除去了這批宮人，再次重整宮中制度。

武則天去世之後，婉兒一直被認爲是韋后母女的黨羽，不過在誌文中，婉兒的形象截然不同。誌文中提及中宗欲立安樂公主爲皇太女不成，公主遂結黨營私，婉兒因此幾度力爭，希望中宗除去公主的黨羽，中宗不從，婉兒不惜服毒、險些喪命，被救活之後，辭去昭容一職，退爲婕妤，塑造出她公忠體國的形象。

值得注意的是，安樂公主立皇太女一事，在史料中僅說是安樂公主對父親撒嬌的行爲。但是，婉兒的誌文是人們第一次在唐代的史料中，看出中宗本人的意向。如果誌文的敘述無誤，那麼中宗可能是中國史上第一個考慮立女性繼承人的皇帝，而安樂公主也差一點就能成爲中國史上的第二位女皇帝。

在陳弱水教授的研究中，安樂公主的這項作爲，顯示她已經跳脫了她祖母與母親先爲帝妻、爲帝母的思維，在祖母以女性君臨天下的歷史中，企圖使自己以帝女的身分成爲皇位的合法繼承人。

歷史豆知識

安樂公主

這位險些成爲女皇的公主，具有號稱「光豔動天下」的美貌與過於前衛的女性意識。她出生於中宗夫婦最困頓的時候，出生時被裹在中宗的舊衣裡，因而小名裹兒。隨著父親時來運轉，她的命運也隨之改變，出於補償的心態，中宗夫婦格外寵愛安樂公主，將所有能給的物質享受都給了她，也因此寵壞了年少的公主，在史書中，她被認爲是個任性無知的女子。死後，她被叔父睿宗褫奪了安樂公主的封號，以「勃（同悖）逆宮人」的名號下葬，墓誌拓片現藏於西安碑林博物館。

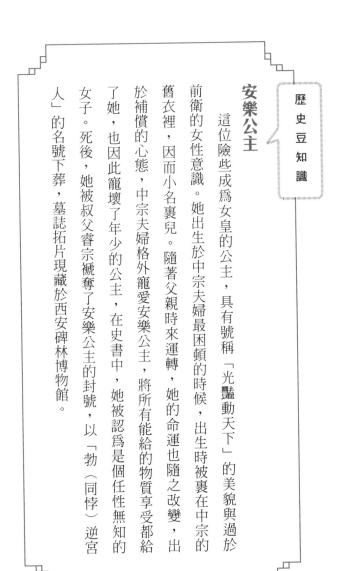

誌文中的婉兒顯然不支持公主的行動，不管是眞心反對，抑或由太平公主所授意，都有其意義。當我們審視婉兒的一生，她從效忠武則天、中宗再到太平公主，可謂傳奇。但若把她的一生放在東漢以來的女主政治來看，就會發現從輔佐竇太后的班昭開始，以至北朝宮廷中屢屢出現的女尙書們，所有必須以妻子或母親身分走到幕前的女主們，都須有擅文詞、知進退的女官來輔佐。

婉兒與她的「老闆」武則天也不例外。在武則天稱帝之前，她致力塑造自己的形象——孝順的女兒、賢明又多產的妻子、嚴厲又慈愛的母親。最終，她發現自己在儒家的禮法上無法突破女兒、妻子與母親的限制，於是捏造了彌勒降生爲天女的佛教傳說，使自己得以代唐而起。

在這位女皇的光芒下，婉兒代表的是那些支持女主們的宮人集團。這些宮女是貫穿女主政治的伏流，她們的向背代表著宮廷中某一勢力的崛起與崩毀，她們擁戴起一代女皇，也在她年邁之時，無情地捨棄了她，成爲

李唐復辟的無聲功臣。因此，中宗與韋后其實是一體，他們不能不順流而行，以免自己如武則天那樣傾覆。

也是因爲這樣的擁戴之功，才使得婉兒認爲自己可以靠太平公主成爲新朝的功臣。但她沒有想到的是，年輕氣盛的玄宗拒絕妥協。玄宗透過除去婉兒與太平公主，結束了女主政治的影響，並在他有生之年，嚴防任何后妃取代他成爲唐帝國之主。然而，除去宮人集團後的權力眞空，改由玄宗更信任的宦官來塡補，從此開啓了唐帝國長達百年被宦官把持的政治流弊。

透過這樣的脈絡來看，婉兒的華美文采，恐怕也只是順應著時代的潮流，在男性與女性君主、李唐與武周勢力之間搖擺的無根漂萍而已，眞正影響著時代的人，從來不是上官婉兒。

第九章

魏徵的兩張臉

做一個良臣，比做忠臣還難

在中國史上的「明君」中，唐太宗通常不是排在前三名就是前五名，而他的名言，總是那段「**以銅為鏡，可以正衣冠；以史為鏡，可以知興衰；以人為鏡，可以知得失。**」也有不少人知道，他說完這段話後，還感嘆了兩句：「**魏徵逝，朕亡一鏡矣。**」

魏徵是誰？相信知道唐太宗的人都知道他。如果不知道唐太宗的朋友，也不一定不知道他。因為在小時候讀的兒童歷史傳說裡，每次講到門神的故事，就會說到他：

江湖傳說，魏徵是一個正直的好官，正直到被天帝指定去監斬龍王。龍王跑去向唐太宗求情，要他拖住魏徵，結果皇帝同意之後就把魏徵叫來吃飯下棋，魏徵下棋下累了，忍不住就打起了盹，沒想到這一睡，靈魂就噌地一聲出竅跑去監斬龍王，死不瞑目的龍王於是夜夜跑進皇帝的夢中……

龍王的鬼魂每天都入皇帝夢中哭喊：「還我頭來～～」害得皇帝精神

耗弱，最後找來兩個大將守在門外，嚇退鬼魂。但即使是大將也不可能天天站崗不休假，於是找來畫師把他們的畫像貼在門外，就成了門神。

當然，這個故事純屬鄉野傳說，但是我們也可從中看見魏徵在民間的形象有多麼正面，他與唐太宗也被認爲是君臣相知的楷模，許多人認爲這是「貞觀之治」可以成立的基石。不過，眞的只是明君賢臣這麼簡單嗎？

在民間傳說或歷史名人傳記中，常常把成功歸因於個人的尊爵榮耀不凡，而忽略了他們生長的環境與形塑他們思考的背景。在唐太宗與魏徵的案例中，自然也不例外。他們不是天生就知道自己可以成爲明君名臣，事實上，他們生長在亂世，成長背景截然不同，他們所共有的，是對於未來的夢想。

亂世：最好與最壞的時代

朝代興替，對大部分百姓而言，是一連串的戰爭與苦難；但是對不願意遵循既有規範的野心家來說，混亂破壞了秩序、帶來無窮的機會，所有的政治軍事集團都迫切需要人才，戰亂產生的機會，反而讓他們有機會走上歷史的舞台。

在六至九世紀的隋唐帝國，在士族中還有不同的等級。魏徵出身的家族大約在士族的中下層，他的父親在北齊當過縣令，在北周滅齊、隋又取代北周之後，魏徵的父親可能就失業了。我們不知道魏徵幾時失去父親，但是可想見他很早就必須自立，就像那些有才華卻沒有背景的人們一樣，魏徵期待自己可以脫離現在的狀態、出人頭地。

在史書裡，關於魏徵在青年以前的事，只有短短的兩行——說他做了道士，並醉心於縱橫家學說。道士只是幌子，簡單地說，他期待在亂世中作爲參謀，貢獻一己之力。於是，他開始了輾轉天下的生涯。他先後換了幾個老闆，總是因爲老闆不尊重他的意見導致失敗，後來，他投效了唐帝國的太子李建成。

李建成是唐高祖李淵的嫡長子，在後代史書中，被描繪成一個心胸狹小的人。事實上，他從少年時代就獨當一面，當父親李淵前往北方的晉陽爲官時，他帶著其他家人住在河東，暗地收買人心，即使是李淵的姬妾與庶出兒女們，也對這位嫡長子心悅誠服。在李唐建國後，他成爲無庸置疑的太子，並承擔了北面對抗外敵突厥的戰線。

大約在此時，魏徵投效了李建成，也得到了他的信賴。魏徵很快地注意到，李建成眞正的敵人並非突厥或關東的豪強，而是他的親弟弟、戰功彪炳又野心勃勃的秦王李世民，長此以往，李建成穩定後方的功勳將會被李世民所掩蓋。

因此，魏徵與東宮的幕僚們，趁著李世民在中原戰線受挫之機，力勸太子東進。熟悉中原民情的魏徵，替太子規畫了一連串的舉措，樹立威

信、收買人心，成功地建立了李建成寬宏大量的形象，暫時遏止了李世民藉由戰功收取人心的攻勢。

但是，在李建成兄弟雙雙回朝之後，東宮與秦王府的惡鬥才眞正展開，在這長達數年的兄弟鬩牆中，李世民步步進逼，甚至誣陷李建成謀反。最後，在李淵的姬妾與其他兒子力保下，才使李建成逃過一劫，也才讓李淵注意到李世民的野心已不可抑制。

眼看東宮地位岌岌可危，魏徵力勸李建成應當狠下心、除掉李世民，但是李建成並未採納他的意見。或許是當了太久的長子，他仍期待在體制內處理問題，而情勢看起來，也慢慢倒向了東宮……

唐高祖武德九年，老皇帝終於下定了決心，要將李世民送出權力中心的長安。眼看著即將失去一切的李世民，在六月四日的清晨發動玄武門之變，殺害了自己的親兄長與姪兒們，東宮的官僚與士兵一度試圖反抗，卻功敗垂成。李世民奪取了兄長的太子之位，不久就逼迫父親退位，成爲唐帝國的第二任皇帝，也就是後世所稱的唐太宗。

李建成是魏徵所侍奉的第四個主子。武德九年，魏徵已經四十六歲了，半生顛沛流離，投靠東宮的這幾年，是他最受器重的一段時間，眼看著即將成爲新君的重臣，但玄武門之變，改變了魏徵的命運。他不知道的是，他與李世民的相遇，也將改變李唐帝國的命運。

良臣？忠臣？

身爲東宮的重要參謀，魏徵成爲李世民最先問罪的對象之一。李世民是一個極其注意自身形象的君主，他並非完人，卻想讓自己以完美的形象出現在世人眼前與史書之上。他試圖讓自己殺害兄長的行爲合理化，所以他首先質疑魏徵等東宮群臣離間兄弟。

然而，魏徵卻回答他：「如果太子聽了我的話，怎麼會發生今天的禍事呢？」

史書說，唐太宗素來尊敬魏徵的才華，所以重用了他，成爲這場君臣知遇的起點。

但是，當我們在觀察魏徵的話與他後續的作爲時，必須注意一件事，那就是李建成雖死、東宮的勢力卻沒有完全消散。當時的朝廷裡，除了秦王府的班底之外，老皇帝李淵與東宮所提拔的官員仍然遍布唐帝國內外，倘若一舉根除，李世民將面臨更大的動亂。因此，穩住局勢、收攏人心才是李世民最大的挑戰。

魏徵在唐太宗登基後，奉命前往河北安撫。在路上，地方官逮捕了東宮的舊部送交給魏徵，而魏徵決定釋放他們，以此昭示新君既往不咎。這個舉措，與他當年替李建成在關東籌畫的形象工程幾乎是一致的。

魏徵很清楚，他並不是李世民的親信，他與皇帝並沒有長久的信賴基礎。而此時，他已年近五十，對他而言，李世民的信任可能是他最後的機會。

於是，他十分賣力地提出各種建議來改進朝廷缺失，在李世民登基的第一年，他就奏報了兩百多件事，以幾乎每兩天一件的速度拚命地工作。

即便如此，他還是免不了遭人檢舉結黨營私。在調查之後，李世民知道魏徵只是與他的親戚們過於親近，決定不過問此事，只派人告誡魏徵應有分際、不可以過於隨意。

數日之後，魏徵告訴皇帝，他認爲君臣間應當只問公道，而不是遵循表面上的禮儀，李世民深以爲然，隨後，魏徵鄭重地表達了他在這新政權當中的位置。

「我希望做一個良臣、不是忠臣。」魏徵如是說。

當皇帝問他兩者的差異時，魏徵回答：「良臣是自己有美名、也讓皇帝受到後世稱讚，子孫萬代都能享有福祿；至於忠臣，則是自身被害、君王也被認爲是大惡之人，家庭與國家同樣淪喪，只是空有其名而已。」

這段話，顯示了魏徵對他自己與對皇帝的期待。在他的觀點裡，委婉

地隱藏著「良臣」對應「明君」、「忠臣」對應「暴君」的分別，他希望皇帝能接納他的意見來調整施政方向，讓國家走上好的道路，從現代的說法，這是一個正向循環。但是，當我們細究其言，不難發現其實「美名」「惡名」在這段話中是很重要的關鍵，即這對君臣的好與壞，表現在他們的名聲上。

期待做個良臣的魏徵，與期待做個明君的李世民，終於在此時找到了他們的共同點：好美名，然而，事情並沒有那麼簡單。

君與臣的進退之舞

魏徵與李世民之間的故事非常多，大多不脫魏徵如何剛直不屈地勸諫皇帝，而皇帝一開始不願接納、甚至回家對太太發脾氣抱怨，在冷靜下來或經其他人調解之後，皇帝才接受了魏徵的建議，有了圓滿的大結局。

這些故事都有一樣的脈絡，當我們仔細思考這些故事時，不得不替魏徵捏一把冷汗，如果皇帝沒有冷靜下來呢？如果皇后沒有調解成功呢？當一個理應被留在政治規範中處理的案件，必須以這些不確定的因素來解決時，其實顯示了這對君臣的關係並不穩固，至少，在其他一開始就追隨李世民的臣子身上，極少看到類似的情況。

有一天，李世民請群臣吃飯，他對妻舅長孫無忌說：「這個魏徵，每次勸諫時，如果我不聽他話，他就不肯執行朕的命令，你們說，這是怎麼回事？」

魏徵其實就在旁邊，於是他回答：「我勸諫就是因爲覺得這事不可行，如果我遵循了陛下的意思，怕這事就做下去了。」

「你難道不會先答應下來，之後再慢慢說服朕嗎？」李世民說，這個有趣的皇帝，竟然公然教臣子怎樣陽奉陰違。

「舜對群臣說：『你們不要表面服從，退下來後才表達意見』，如果我表面答應了陛下，那就是『退下來後才表達意見』了，這哪裡是上古的

賢臣們侍奉聖君的道理呢？」魏徵說。

李世民聽完，笑著對群臣說：「你們都說魏徵粗疏無禮，朕卻覺得他嫵媚得很呢！」

在許多人看來，李世民的這段話實在很難理解，為什麼魏徵在他看來是「嫵媚」呢？其實道理很簡單，就是魏徵把歷史學得很好，他並不用臣子應該如何剛直來說服皇帝，他說的是：「這哪裡是賢臣侍奉聖君的道理。」那麼，說話的他自然是以賢臣自居，更表示了，他是以對待上古聖君們的標準侍奉皇帝。

這迂迴而婉轉的奉承，正是魏徵與李世民的相處之道。如果大家有讀過〈縱囚論〉，那麼這種微妙的心態，或許就是歐陽修抨擊的「上下交相賊」吧。

魏徵所面臨的挑戰，不是只有皇帝的信任問題。他是一個參謀型人物，擅長分析。在貞觀初年，他除了勸諫之外，另外負責的是典章制度與史書的校訂與編寫，這些工作在其他臣子眼中，與實質的戰功、行政能力是不能比的。

因此，當皇帝決定讓魏徵成爲宰相中負責審核政策的門下侍中時，魏徵自己也十分惶恐，甚至多次上表辭職，最後雖然讓他離開了侍中之位，卻仍讓他繼續處理門下省的政務。

在這個尷尬的處境下，有了〈諫太宗十思疏〉，魏徵必須在唐初這種崇尚實質功勳的環境下，以他的學養奠定在政治理論上的地位。

而他成功了。在他的後半生，小心翼翼、如履薄冰；在他人生的終點，皇帝承諾將公主嫁給他的兒子，替他舉辦了風光的葬禮。在他死後，皇帝哀傷地說：「用銅做鏡子，可以端正衣冠；以歷史做鏡子，可以知道朝代的興替；以人做鏡子，可以知道自己的得失。現在魏徵死了，朕少了一面鏡子。」

這麼高的評價，對於這場君臣知遇的神話，看似是完美的結局。但

是，就在魏徵死後不久，李世民發現他從前推薦過的人不是謀反就是貪汙，懷疑他在生前結黨營私。而魏徵習慣把自己的勸諫文章存檔留底、還把這些文章拿給史官看，在乎名聲的李世民更懷疑他是有意貶低皇帝以抬高自己，於是，收回了許嫁公主的承諾、並推倒了魏徵的墓碑作爲懲戒。

直到後來征高麗失敗，太宗又想起了魏徵的好處，於是再把墓碑樹立回來，只是公主早已嫁了別人。

魏徵與李世民，都不完美，他們是兩個需要掌聲、需要被人肯定的男人，在政治場上你進我退地跳著權力的舞步，博取當代與後世的美名。或許這是一種虛僞，但在貞觀時代，對於名聲的追求，促使他們往世人肯定的方向前進。

最終，成就了一個時代。

第十章

時不我予，那就放下

虯髯客的晚唐回眸

《虯髯客傳》，也稱《風塵三俠》，一直被認爲是唐代文學的傑作。內容大概是說，隋末天下即將大亂，一個失意的青年李靖，前去拜訪重臣，在對方家中遇到一個侍女對他示好。當天晚上，這個侍女竟跑到李靖下榻的地方，表示自己名叫紅拂，要與他共結連理。天上掉下來的正妹當然不能不要，但又擔心重臣報復，於是李靖與紅拂逃往太原，路上遇到一位鬍子拉碴的俠客，紅拂與俠客結拜爲兄妹。俠客被稱爲虯髯客，聽說有意逐鹿天下，卻在見到太原的一位青年貴公子後感嘆自己再無機會，於是將財產送給李靖夫婦，退隱海外，而李靖則轉爲侍奉那位貴公子，也就是未來的英主唐太宗。

在這篇傳奇中，虯髯客的豪爽、李靖的內斂與紅拂女的聰慧，令人印象深刻，幾度改拍成影視作品。寫下這篇傳奇的作者名叫杜光庭，是晚唐五代的一位道士，也由於杜光庭的影響，李靖從一個歷史人物，變成了戰神，他的形象和道教結合，乃至於到了明清，在小說《封神榜》裡，竟也無端出現了同一個名字、同樣的形象、同樣宗教脈絡的人物——唐代的李靖當然不是商代的陳塘關總兵，也沒有生一個叫哪吒的屁孩，最後也沒有變成托塔天王，只因同名同姓，常常造成誤會。

這一路莫名其妙的發展，都來自杜光庭一篇才華洋溢的小說。但是，如果你穿越到唐代、見到了李靖，你恐怕會跟我一樣大喊：「杜光庭！你別鬼扯了！」

到底杜光庭有多扯？他的瞎掰又有什麼意義？而這篇收入國文課本的唐代傳奇，究竟承載了多少虛構與眞實？

李靖——失意大叔一秒變帥氣

《虯髯客傳》一開始，就描述隋煬帝去了南方，把政事交給奸臣楊素，又以楊素生活比皇帝還奢靡來指涉其心懷不軌，塑造出隋末政局混亂的背景。此時，胸懷奇策的平民李靖帥氣登場，折服了楊素，順便電到正

妹紅拂，兩人私奔，意圖在天下大亂時創造一番事業。

文章中並未言明李靖歲數，而紅拂大約十八、九歲。因此在讀者的印象中，常常認爲李靖是個青年男子，這個印象一直延續到現代，而很多電視劇中的李靖都是個帥哥。

但是，杜光庭沒有告訴你，現實中的李靖，儘管年輕時確實又高又帥，不過在隋末唐初時，已經是個年近五十的大叔了！隋唐的人又大多早婚，李靖當然不可能四十好幾才遇到命中注定的女人。

那也是個重視出身的年代。李靖來自於五姓家族，五姓家族的男性必定迎娶大家閨秀，甚至不可能和平民結婚。而故事中的紅拂是楊素的「家妓」，家妓與奴婢一樣，是隋唐帝國中的賤民，因此，李靖的妻子絕對不是紅拂。

杜光庭的錯誤不只一處。隋末時，李靖也根本不是沒有官職的「布衣」，人家十六歲就開始當官（我十六歲還在和我爸媽吵架），還考過科舉，在基層努力踏實地服務。

而他與楊素也不是到隋末才認識，事實上，楊素雖然與他家有點過節，卻很欣賞李靖，算是他的貴人。只是李靖的官運平平，直到老年才眞正迎來事業的高峰，眞是勵志。

效忠李世民？你搞笑嗎？

在故事中，李靖認識了後來的唐太宗，並幫助太宗取得天下。這件事如果讓李靖本人聽到，他肯定會氣到吐血。

爲什麼呢？李靖在隋末與唐高祖（唐太宗的老爸）一起接受隋煬帝的命令，防守北方，又以隋的忠臣自居，當他發現唐高祖想造反時，馬上就衝去通報，但因中原大亂又退回長安。在唐高祖帶兵圍攻長安時，李靖奮力反抗，還差點被殺掉，所以他不會幫唐太宗奪天下。

而且，李靖只小唐高祖四歲，他應該見過唐太宗。但是在他眼中的太

宗可能就是個小屁孩，因爲唐高祖當時的接班人，是已經三十歲的長子李建成，李靖實在是不可能在一開始就效忠於唐太宗。

至於《虯髯客傳》最後又說李靖的兵法來自於虯髯客的教導，這話讓李靖的家人聽到，可能會集體氣到吐血。因爲李靖的哥哥、外公和三個舅舅，都是以勇武出名的大將，尤其是舅舅韓擒虎，常常和李靖談論兵法，又摸著李靖的頭說：「能與我談論孫子兵法的人，就只有這個小孩了。」可見李靖後來很會打仗是有家學淵源的，和虯髯客一點關係也沒有。

那麼，有什麼是真的？

《虯髯客傳》與許多唐代傳奇一樣，在歷史人物的人生上呈現一個平行宇宙的狀態，但是在故事中，仍然透露了唐代生活的細節。原因很簡單，杜光庭寫作這個故事時，加入了自己的生活經驗，寫作的當下，他不會想到這篇文章會在一千三百年後被人閱讀，而他原先寫的現代細節，也變成了古人的生活。

——唐朝人怎麼坐？

《虬髯客傳》一開始描寫了楊素的豪奢，除了擁有許多侍女之外，還說他見賓客時總是「踞床而坐」。現代人讀到這裡，往往不能理解這四個字的意思，所以也就不能理解李靖後來勸楊素不要「踞見」賓客的原因。

這是因爲晚唐以前，所謂的「坐」就是跪坐，這與從前穿的服飾有關。在唐代之前的漢代流行深衣，衣服下穿的褲子是不合襠的，不跪坐會走光，這是非常不禮貌的；而「踞坐」就是把腿張開著坐，更完全是會走光的坐姿，在客人面前這樣做，是有意地輕視對方。

因此，這種應當「跪坐」的習慣一直保留到隋唐，而在客人面前「踞坐」也被認爲是傲慢的表現，成爲當時人的基本常識。至於故事中說「踞床」的床，並不是我們今天的床鋪，而是一張矮几，也叫「榻」，必要的

時候，也可以抬起來走。

楊素「踞床而坐」，顯示他輕視天下英豪，因此，李靖勸他不要「踞見賓客」一言的背後，是勸他不要自大、應當謙虛地接納旁人的意見。

——唐朝人怎麼看你身家？

而紅拂女對李靖一見鍾情後，跑去詢問李靖的身家資料。她第一個問的就是他「第幾」，也就是排行第幾。現代都是小家庭，是老大老二老三並不重要，但唐代多爲大家族，同輩的男女都會排成大排行，因此，某地某家的某幾郎或某幾娘，就是探聽此人身家背景的鑰匙。

例如白居易，就是白二十二郎，白居易的好朋友元稹則是元九。這種排行顯示唐代是世家大族所控制的社會，因此，家族中的排行成爲定位某人地位的準繩。

——唐朝人怎麼旅行？

如同另一則傳奇《李娃傳》中呈現了唐帝國首都長安的城市風貌、《柳毅傳》裡顯示了唐人眼中的洞庭湖，《虯髯客傳》主要舞台在太原城與前往太原的路上。當李靖與紅拂逃離長安、前往太原時，他們寄宿的旅店在「靈石」，這地方位於今日山西，在唐代的史料中，是太原與長安之間必經的要道。

李、紅二人在靈石落腳，旅店「設床」、也就是拿來坐具讓他們休息，紅拂女則站在床榻前梳著長髮，等著李靖把馬刷好、等爐中的肉煮熟。此時，虯髯客出現，他倚著旅店的爐子，直直地看著紅拂女梳頭，讓李靖感到很憤怒。

唐代的旅店並不像電視上演的，人們一投宿後就進入自己的房間。此處的旅店是開放的空間，雖然會提供坐具，但是也可以像虯髯客那樣，直接就在爐子旁邊半躺半坐，是非常隨意的。而旅行中的女性，也難免會被

其他男性所窺探。

聰慧的紅拂在發現虬髯客的目光後，暗示李靖不要生氣，隨後整裝以莊重的姿態前去探問虬髯客的底細，因此虬髯客從一名窺探她的陌生男子，變成了一位豪爽的兄長。當虬髯客表示肚子餓了，李靖連忙出門買胡餅作爲主食，接著三人圍坐著開始吃餅配肉。

這段從陌生到熟悉的過程，可以看見旅舍的開放空間中，存在著人與人的交流。而虬髯客詢問李靖的目的地、要求李靖引他見李世民的對話，也可看出當時信息與人脈的交換。

——太原有什麼意義？

李靖等人前往太原後，虬髯客見到了年輕不羈的李世民，心知眼前即是天下之主，卻還不甘心，又有了第二次聚會。此時，他請了一位道士，道士一見李世民後，對虬髯客說：「這不是你的天下了，但是別的地方還有機會。」於是，虯髯客把中原的產業交給李靖與紅拂，揚帆出海尋找新的天地。

這個故事爲什麼發生在太原？而不是首都長安或洛陽？這是因爲太原是隋唐對抗北方突厥的重鎮，控制著出入中原的要道，因此，一向交由皇帝的親信掌管。李唐的建立者唐高祖李淵是隋煬帝的表哥，在煬帝前往南方後，就受命鎮守太原。李淵一直在太原城中暗自積蓄實力，他將家人留在南邊的河東，由長子李建成負責河東豪傑的交遊，而李淵在太原城中的一些事情，則由次子李世民來協助。

最後，當天下大亂時，李淵也是從太原舉兵，攻占長安，因而站穩了腳步。對於李唐帝國來說，太原是「龍興之地」，在建國之後，太原曾有「北都」的地位，因此，這個故事發生在太原是相對合理的。

百年後的感嘆

雖然李唐在李氏一家男女老少的鼎力合作下建國，但不到十年，李世民就在玄武門之變中，殺死兄長李建成，篡奪了父親的皇位。從此，李世民就開始在史書中擴大自己的影響力、抹黑兄長、貶低父親，以致後代的史書中，年少的李世民反而成爲李唐王朝建國的主導者。而在杜光庭的故事中，也承繼了這樣的論述。

我無法知道爲什麼杜光庭要這麼做，他明明和李世民差了兩百多年，也沒有直接的血緣關係，卻編造出這樣一個完全不合史實的故事。

不過，這個故事帶著濃厚的道教色彩，包括李世民的異相、道士的預知能力，以及虯髯客順從天命的瀟灑。或許這與李唐王朝尊奉老子爲祖先、以道教爲國教有極大的關係；而杜光庭本身也是一個道士，並著有許多道教的重要典籍，他也藉由這個故事來強化道教與李唐王朝的聯結。

李靖成爲道教背景的虯髯客與道士選擇來輔佐李唐的名臣，儘管李靖本人並沒有明顯的道教背景，甚至他與兄長的字分別爲藥師、藥王，可以看出其家族有佛教的傾向，但都不影響杜光庭把這位名將拉進道教，擴大道教的影響力。

此外，我們必須知道，杜光庭的時代，是唐王朝的末世，偌大的帝國分崩離析。越在此時，宗教的力量越顯強大，而道教又面對著來自佛教的挑戰，有必要在此時回溯唐帝國的起源，並藉由道教元素的滲透，讓道教重新找到自己的定位。

杜光庭的本意，並不是要寫一個歷史故事。如果我們僅僅注意他的歷史錯誤，就很難看見他文章中意圖呈現的氛圍：普通人可以爲之死的皇位或鉅富，可以因爲英雄相惜、天命所歸而豁達地捨棄，寧可重闢天地也不願苦苦掙扎，這是何等勇敢、瀟灑、充滿希望的時代？

很可惜，這樣的時代只存在於他的想像之中。實際上杜光庭所面對的是一個混沌而危險的亂世。

道士對虬髯客說的那句「**此世界非公世界，他方可圖**」，恐怕也是杜光庭自己的感嘆吧。

第十一章

洛陽城中，真假太后

寧願上當百次，只願一次是真

在這本書裡，我常常講到長安，它是唐代最大的城市固然不假，不過唐帝國的第二首都洛陽城的規模並不下於長安，如同太陽與月亮，長安與洛陽呈現了截然不同的面貌。

和長安一樣，洛陽是從上古時代就存在的城市，經歷過東周、戰國、漢、魏晉到北朝。在隋帝國統一天下後，洛陽其實已經十分殘破，但過往留下的風采尚存，那是與當時秩序規整、象徵著宇宙規律的長安城完全不同的氛圍。

洛陽似乎格外能吸引到不願墨守成規的皇帝。洛陽首先得到了隋煬帝的青睞，煬帝登基之後，將過去對於江南的想像移植到洛陽城，大規模地重建城市，將洛陽作爲運河的轉運樞紐，由此，洛陽得到了極佳的商業條件。而受隋煬帝任命營建洛陽的重臣中，有個名叫楊達的皇族，他怎麼也沒想到，自己的外孫女會在數十年後成爲洛陽之主。

楊達的外孫女，就是女皇武則天，她對於洛陽抱持著與外叔公隋煬帝一樣的鍾愛，同時繼承了楊氏一族對佛教的熱愛。在丈夫唐高宗在世時，她還會偶爾往來於長安與洛陽之間，丈夫死後，她久居洛陽，並在洛陽建立了自己的王朝。

武則天之孫唐玄宗，雖然不像奶奶那麼熱愛洛陽，卻也在洛陽居住過相當長的時間。在祖孫兩人的鼓勵下，洛陽興盛的貿易與文化活動成了半個唐帝國的文藝之都，這座城市的人們格外注重生活雅趣。流水在權貴的園林間蜿蜒而過，一條雒水將城市分成兩半，一座天津橋橫過雒水，連接著象徵天界的皇城與人間。

然而在七五九年九月，天津橋上來去的人卻非皇城中的禁衛。禁衛軍的屍體凌亂地倒在雒水兩岸，說著不同語言的燕軍跨馬直入宮城，毫無阻攔地突破了千門萬戶，趕出其中的男女老幼。

燕軍，就是史思明的部屬，此時已是安史之亂的末期，史思明在不

久前殺了安祿山之子、自立爲大燕皇帝，這場延續了八年之久的戰爭，崩解了唐帝國的各種體制，暴露出盛世下的種種問題。接下來，唐帝國要開始學習如何與它轄下的地方勢力溝通，統治著半個亞洲的世界帝國一去不返，歐亞大陸的歷史，也邁入了新的階段。

當然，當時沒有人預見會帶來這麼大的影響，也沒有人想到，七五九年這場攻城戰中失蹤的一個少婦，會帶來十幾年後的一場風波。

少婦姓沈，可信的史料中沒有她的名字。出身於南方的吳興沈氏，她是唐玄宗的孫子、廣平王的妾室，以「良家子」的身分被選入宮中當宮女，顯示她的家世清白，但並不是太過顯赫，因爲在她之上還有廣平王的正妃崔氏。崔氏不只出身高貴的五姓家族，崔氏的母親韓國夫人，是楊貴妃的大姊。

在玄宗的時代，崔妃的地位穩如泰山。因此，即使沈氏生下了兒子，在唐皇室中，還是一個不太重要的人，因爲玄宗的孫子超過百人，皇孫們的妾婢更是不計其數。

正是因爲不夠重要，在玄宗帶著皇室宗親逃難時，她沒有被帶上；也正是因爲不夠重要，當安祿山親入長安城，殺害數十名公主、王妃等皇室成員替長子復仇時，她也不在其中。

但是她也沒有不重要到會被放走，當燕軍撤退時，將她與其他宮人一同帶往洛陽。當官軍一度收復洛陽時，她與丈夫重逢，只是此時的廣平王已是儲君，肩負著收復天下的使命，因此，她被暫時安置在洛陽宮中，等待有朝一日重返長安。

這一等，就是兩年。在七五九年的戰爭中，沈氏從此消失，不久之後，廣平王在殘酷的宮廷鬥爭中先下手爲強，登基爲帝，也就是唐代宗。兩年後，沈氏的兒子李适被立爲太子。

對代宗而言，沈氏只是他早年的一個女人。安史亂後，崔妃的靠山楊貴妃一族垮台，崔妃也隨之失勢，抑鬱而終。而代宗也早就找到了一生的

摯愛——容色姝豔的獨孤妃。他遣人尋訪沈氏，是因爲她是太子的母親。

就在此時，在遙遠的壽州，一個在崇善寺的女尼廣澄自稱是太子的母親，於是被送往長安。但是經過驗證後，發現她並不是沈氏，而是從前在東宮工作的乳母，震怒的代宗皇帝於是命人將她鞭打致死。

我有時候想，廣澄會不會眞的是沈氏？有沒有可能是經歷過血腥宮鬥的代宗刻意所爲，意在杜絕太子之母在後宮的影響力？或者他只是爲了維護皇帝的尊嚴，而讓詐欺之人付出代價？不管如何，這血腥的結局，在代宗的時代裡，固然再也沒有人敢自稱是太子之母來行騙，但也失去了尋找沈氏的黃金時間。

但是對於沈氏的兒子李适而言，媽媽永遠是媽媽。失去母親的時候，他已經是十五、六歲的少年，有許多與母親一起生活的回憶，而沒有母親這件事，也使他備受威脅。

或許命運眞的眷顧李适，他有驚無險地熬過了代宗的時代，成功登基，也就是後來的唐德宗。

等他終於當家作主，第一件事就是補償媽媽的娘家。他找來了沈家的親戚，一天之內封了一百二十七個舅公舅舅表兄弟當官，也把還在世的舅媽趕緊請進宮中，叫出自己的兩個妃子來拜見舅媽。

接著，德宗要給媽媽正名，弄了一個盛大儀式，尊奉沈氏爲太后，群臣都正裝出席。然而，應該受尊封的

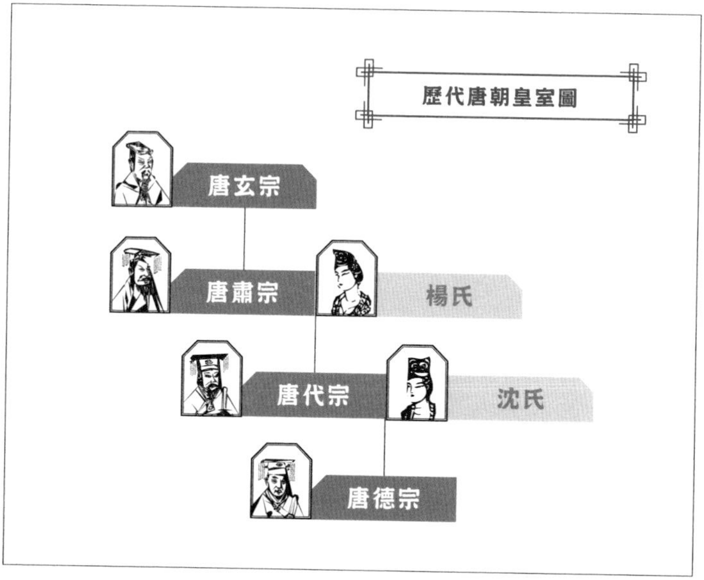

太后席位上空無一人，德宗一邊唸著冊文、一邊哭得難以克制。

此時的德宗已經三十七歲，距離沈氏失蹤已有多年，而這位已近中年的皇帝對母親的思念卻有增無減。

典禮結束後，德宗向群臣宣布要認眞開始尋找媽媽。於是他指派了弟弟睦王擔任此專案的主責，又叫姊妹昇平公主先做好之後照顧太后的準備，接著派出使者，分行天下，展開尋人任務。

當然，事隔已久，大部分的使者都沒見過太后本人，所以德宗也派出安史亂前就在宮中服役的女官，一起去地方尋人。

然而，當時的畫像技術沒那麼好，時日一長，太后的模樣也早已改變，除了大致的形貌、年紀之外，德宗只記得小時候媽媽曾因切水果給他吃而割傷了手，左手的傷痕成爲辨認太后的重要印記。

皇帝大張旗鼓找媽媽，整個帝國都得動員起來。使者們川流不息地追蹤著太后的蹤影，就在發布尋人啓事後的三個月後，好消息傳回長安：

「找到太后了！」

激動的德宗喜不自勝，趕緊命人把太后先迎回洛陽的上陽宮中安頓，加派人手伺候。就在此時，一紙奏書送進皇宮，上奏之人是高承悅：「等等！這不是太后！」

我們在電視裡看到的太監大多是奸險小人，或者被主子責罵爲「低賤的奴才」。其實太監雖然操持許多雜務、也常被看不起，但他們是正式進入朝廷體制的官員，除了必須閹割之外，在制度上仍享有官員的待遇。唐代的太監多稱「內侍」，甚至可以受封爲大將軍、領兵出征或接受爵位，得到外姓臣子中最高的封爵——國公。

不過，閹割無法割斷人對家庭的渴望，內侍們所擁有的榮華富貴也需要有人繼承，因此，他們多半會娶妻，藉由本家、妻家或收養小內侍的方式，得到養子或養女。他們的養子中有的是內侍、有的不是，養子和養女間會互相嫁娶，形成一種假血緣的家族，延續家族在宮中的勢力。

比如說，玄宗時代最重要的大內侍高力士，原姓馮，是南方一個大部落首領的孫子，祖先就是著名的女首領冼夫人。後因家族被朝廷剿滅，他被抓進皇宮，被大太監高延福收養，因而改姓。在他得勢後，雖然找回了生母，卻仍然奉養養父母到老，也從未改姓。

高力士與妻子呂氏以馮家的侄子爲繼承人，卻命其改姓，就是前述的高承悅，並收養了一些子女，形成一個勢力龐大的家族。他的一個養女就曾經在宮中活動，熟悉宮中的各種禮儀掌故，也曾與另一位女官一起作爲沈氏的隨從去遊玩，而這位高氏女也曾因切瓜而傷了手指，剛好與太后的傷痕相似。

但是，這一切總瞞不過高承悅，他不知從何得知了姊妹假冒太后的事，他或許想到代宗朝那個女尼的悲慘結局，惟恐此事禍連家門，於是告訴皇帝：「那不是眞的太后，而是臣的姊妹！」

於是，德宗再派了高氏家族的人、高力士的養孫樊景超趕往洛陽，樊景超一見到姑母以太后自居，又氣又急：「姑母妳幹嘛自己跳上砧板等著被殺?!」

左右侍從見樊景超對「太后」不敬，連忙要把他轟出去，直到樊景超說出是奉詔來時，人們才讓他和「太后」單獨見面。

直到此時，「太后」才說起事情的來龍去脈。

原來，她在戰後寡居洛陽，那位曾經和她一起隨太后遊玩的女官意外看見她，認爲她就是太后，於是奏報皇帝。當人們一擁而上來稱呼她爲太后時，高氏一再說自己根本就不是，但她越是否認、人們越是信以爲眞，並將她強行送入上陽宮中。

當高氏一入宮，迎面而來的富貴榮華讓這個老寡婦暈了船，而急欲達成皇帝心願的宮人們又一再勸誘她承認自己的身分，於是，她也就半推半就地認了。

當她獨自與樊景超面對面時，她告訴姪兒：「我是被強迫的，並不是

我自己想這麼做。」

樊景超也只能搖搖頭，如實奏報皇帝，利用皇帝一片尋親的誠心來詐騙，正常來說是不可輕饒的，樊景超恐怕心裡也是忐忑不安。怎知德宗卻說：「算了吧，不問她的罪了。」就這麼輕易地放過了她。

當人們問德宗爲什麼，他說：「我寧願被騙一百次，只希望有一次是眞的。」

於是，高氏結束了短暫的富貴生活，德宗遣人將她用平穩的牛車送回家。此後，尋人任務沒有停過，而人們吃定了皇帝不會問罪，假冒太后的事情也就一再發生。然而，直到去世，德宗都不曾再見到思念的母親。

德宗去世後半年，他的孫子憲宗在政變後登基，憲宗想想，見過沈氏的人也都死光了，應該眞的找不到了。於是，他下令製作一件皇后的正裝，用招魂的方式，以衣飾權充太后的屍身。最後，將這套衣服送往代宗陵，正式宣告終結尋人任務。

在唐史上，沈氏是個不太重要的人物，甚至可以說是個沒有聲音的人，她的故事，其實從她消失之後才眞正開始。後來，她曾在唐代的傳奇《周秦行紀》中一閃而過，在這篇傳奇中，楊貴妃的鬼魂嘲笑德宗：「**沈婆兒作天子也，大奇！**」

而後才出現的吳興沈氏族譜中，則多出了沈氏的名字「沈珍珠」，但宋代以前的古籍，其實「珍珠」大多寫成「眞珠」，而這個族譜出現的時間也遠晚於唐代，沈珍珠之名恐怕並不可信。當然，最近出現的小說或隨之而生的電視劇，也是在這個錯誤之上寫成。

沈氏的故事裡，固然有離亂之苦，但愛情的成分是不高的。就我看來，倒顯示了代宗與德宗父子的統治風格差異，以及安史戰後宮廷中人的離散，不論是沈氏、女尼廣澄或高氏女，她們面對的其實是一樣的命運。

元稹曾爲一位在安史之亂時相當活躍的武將留下兩首詩，這名將領後來出家爲僧，隱居於洛陽城中，詩是這樣寫的：

四十年前馬上飛，功名藏盡擁禪衣。
石榴園下擒生處，獨自閑行獨自歸。

三陷思明三突圍，鐵衣抛盡衲禪衣。
天津橋上無人識，閑憑欄干望落暉。

石榴園是洛陽周遭的地名，是安史之亂最後一場重大戰役的戰場之一。在那裡，燕軍全面潰敗，唐軍得以收復洛陽，但也是在這場戰役中，唐代宗父子失去了沈氏的音信。

元稹的兩首詩，寫出了一個戰功彪炳的將領如何追憶往昔。在讀詩的時候，我也不禁想，這會不會是所有見過那個時代的人們共通的心情？

天津橋尚在，雒水依舊悠悠東流，開元天寶時代的一切，不論是盛世或亂世、繁華或戰爭，都已成追憶。

第十二章

盛世遺音，唐代伶人往事

盛世已逝，唯有藝術才能新生

在前面的篇章裡，我們提到安史之亂的離亂造成了上層社會的政治風暴，但對中下層的人民而言，漁陽鼙鼓動地來，也打亂了所有人的人生。這樣的創傷記憶，讓經歷過戰爭與戰後的世代都不停在問一個問題：

「到底發生了什麼事？我們到底做錯了什麼？」

查問原因時，最簡單或最直覺的方式，就是找出可以怪罪的對象——安史等人出身的異民族是其一；而讓君王沉迷的美人或娛樂，自然也是其一。這些聲色犬馬，顯示著強盛的國力與高超的藝術水準，卻也代表著崩潰與毀壞，令人嚮往又畏懼。於是，後代的人們陷入矛盾，他們既抱著美好的幻想，又不能不硬下心腸指責這些繁華會帶來毀滅。

當然，這些指責都免不了將責任迂迴地指向唐玄宗。他打造了華麗的盛世，也親手將唐帝國帶向中衰；他曾是個野心勃勃的小王子，後來成了奪媳殺子的老皇帝；他有奔放的藝術家性格，又同時是個務實狡猾的權謀家，這些矛盾而複雜的個人魅力，讓唐玄宗在死後仍被臣民紀念。

元稹曾在〈連昌宮詞〉一詩中透過今昔對比，描寫天寶年間在連昌宮舉辦的一場大型演唱會。連昌宮是一所行宮，當皇帝在長安與洛陽之間移動時，會下榻於這些行宮。皇帝移動當然不是輕騎單行，他的臣子、后妃、侍從，甚至是娛樂他的樂人舞伎都會跟著一起行動。元稹這首詩其實是想像的產物，但他可不是憑空想像，而是重現了玄宗曾舉行的一場知名活動，只是將地點移到了連昌宮。

這是一場皇帝與王公貴族同樂的大型盛會，卻在靠近宮牆的樓閣上舉行，意義很簡單，就是要讓一旁的百姓都能聽見。畢竟當時沒有噪音防制法，而這種群聚歡樂的場景，也是皇帝與庶民同樂的象徵。

一如現代的跨年晚會一樣，盛會的最後總要有壓軸巨星登場。於是皇帝下令要當時最知名的歌伎念奴獨唱，但是，眾人怎樣都找不到念奴，原來她和皇帝的子侄們偷情去了！內侍們把她從被窩裡拉出來，睡眼惺忪的念奴慢慢來到皇帝跟前，天后開唱，竟是由皇帝的侄子、一位親王替她伴

奏。念奴一開口，就是驚天的海豚音——**飛上九天歌一曲，二十五郎吹管逐**，華麗的樂聲引來一位民間樂手李謩，他靜靜倚牆而聽，偷學著宮中的曲調。

唐玄宗的教坊或梨園，象徵著唐帝國最頂尖的表演藝術，玄宗並不吝惜與民分享。他的樂聲曾迴盪在長安、洛陽的夜裡，成爲城市中的風景。

然而，一切都結束了，妙花一般紛飛而降的樂音再也不會重現。因爲無條件以傾國之力支持藝術的玄宗失勢、落寞地死去，天寶時代的藝人只得散落民間。

所謂的「**落花時節又逢君**」，就是因琵琶大師流落江南而被杜甫遇見，而杜甫從前只是跟著鄉民進去看熱鬧的小人物。如果很難想像的話，就像女神卡卡在那卡西走唱，或者馬友友在殯儀館裡伴奏這樣的光景。

開元天寶，成了不堪回首、卻又令人不住回望的華胥之夢。

喚不回盛世的笛音

玄宗朝的樂舞大師很多，其中一位是笛子界的聖手，名叫李謩。在〈連昌宮詞〉中說他曾倚牆學曲，恐怕是他少年時的傳說。不知何時開始，他成爲足堪代表天寶時代的音樂名人。安史亂後，李謩不知所終，也沒有人繼承他的笛藝，他的聲音似乎從此消失在人間。

時間來到安史亂後四十年，一個從長安被貶謫到安徽的官員，心情鬱卒，搭船散心，夜半停船休息時，似隱隱聽見了遠方的笛聲。

「等等，聽起來怎麼這麼像李謩的笛聲？」

聽得懂笛聲的人，當然也不是隨便的人。認出笛聲的官員韋應物也是個名詩人，「**春潮帶雨晚來急，野渡無人舟自橫**」就是他的名句。韋應物很快就叫人把吹笛人找來，此人名叫許雲封，是李謩的外孫。

這不俗的笛聲，何以流落至此？韋應物不由得問起往事。於是，許雲封從自己幼年講起，在他出生的時候，剛好李謩等人隨玄宗東封泰山，途

經女兒夫家，遇上外孫出生，總得取名，此時恰好李白在城裡喝酒，李蓍抱著許雲封去請李白賜名。李白不直接寫明，反而拿筆在孩子身上寫字：

樹下彼何人，
不語真吾好。
語若及日中，
煙霏謝成實。

這下子誰也不知道什麼意思，李白才呵呵一笑解謎，意為「李蓍外孫許雲封」。這番賣弄，無非在顯示才智。

詩仙賜名，孩子也就用了這個名字。可惜，孩子的命運多舛，十歲左右就父母雙亡，無以為繼的他，單騎入長安投靠外祖父和舅舅們，因是音樂世家，當然也就隨著學笛，而後入了教坊。年少藝高，很快就受到注目，成爲教坊的明日之星。

如果許雲封是天寶初年出生，安史之亂時，也不過是個十幾歲的少年。在戰亂中，只有很少數人因緊跟著皇帝而倖免於難，成千上百的梨園弟子、教坊伎人，都和百姓一起留在長安。當燕軍攻陷長安後，有些人被抓走，而後整批帶往洛陽。

安祿山本身也很喜歡樂舞，自然欣賞這些樂工，因此，樂工被抓住之後就會整批送去給安祿山。現代台灣的傳統戲曲界常奉祀的田都元帥，傳說就是教坊的琵琶大師雷海青，他被安祿山指名獻藝時，擲下樂器向著長安的方向大哭，因而被害。傳說雷海青就死於洛陽宮凝碧池，被囚禁在洛陽的王維聽聞此事，寫下了這樣的詩句：

萬戶傷心生野煙，
百官何日再朝天？

秋槐花落空宮裡，
凝碧池頭奏管絃。

待唐軍收復兩京後，從官員到樂人，曾侍奉安祿山的人都被問罪。有些人因僥倖再見到玄宗，能言善道而逃過一死，在玄宗死後，這些人也失去了最後的庇蔭，只得再逃往各地。

前面說過的海豚音天后念奴，傳說她在逃難的過程中嫁給一名士人，相偕逃往江南，但在丈夫死後，她重入長安討生活，貧病而亡。死前她對養母說：「妳的搖錢樹倒了。」相較於她光采奪目的前半生，這個結局更令人心酸。

許雲封有沒有侍奉過安祿山，我們不得而知，但梨園弟子背負著音聲亡國、惑亂君王的罪名，從此再也無法得到像開天時代那樣的待遇。在這樣的局勢下，許雲封流落江南四十年，直到遇見了韋應物。

韋應物出生於開元末年，安史之亂時，大概還不到二十歲，他初入官場時就遭遇這樣的動亂，深深影響了他的人生。他與許雲封曾經同在長安卻互不相識，或許他們也曾在城中擦身而過，流離人間四十年後，竟在遙遠的南方、一個孤獨的秋夜中相逢於江上，談起往事。

韋應物告訴許雲封，他有個童年玩伴曾隨李謩學笛，學笛是一個平民少年少數能改變身分地位的機遇。少年曾從李謩那裡拜受了一支笛子，學成之後，少年卻不幸早夭，韋應物或許是爲了紀念這位朋友一直帶著這支笛子。於是，他拿出這支笛子對許雲封說：「傳說這是令外祖父曾用過的。」

許雲封接過笛子，仔細看了看：「這是支好笛，但不會是我外公用過

的。」

為什麼呢？許雲封娓娓道來，原來，笛子的取材有時間，不能早也不能晚，太早砍下的竹子聲音虛浮、外強中乾、氣韻不足，一般的人還好，但遇到眞正的大師，就會無法承受純正的音聲而裂開。所以，如果李謩曾用過這支笛子，笛子不會完好無缺。為了驗證這個說法，韋應物請許雲封吹奏看看，許雲封欣然從命。

雲天初瑩，秋露凝冷，江邊一艘小舟上傳來笛聲悠悠，恍惚間，那些他們見過的人、遇過的事都成了無形的陪客，分明是數十年的前塵往事、分明是破散如煙的繁華盛世，卻在笛聲下再次重現。

冥冥中，或許那夭折的少年、李謩，甚至許雲封自己都在等待這個時刻。他們是被士人、被朝廷、被燕軍看輕的樂人，曾被當做玩物一般肆意擄掠、曾為了求生而委屈求全，但是音樂不會騙人，是否能有至音，生於自然的竹笛會給予公正的評價。

一曲未罷，笛聲發出輕微的聲響，忽然竹笛中裂，如一刀劃破夢境與現實，未臻上乘的笛子，證明許雲封已是與外祖父李謩比肩的大師。

但是，那又如何呢？

能夠群聚天下頂尖藝術家、共同競藝的時代再也不會回來了。

在故事最後，韋應物替許雲封找了工作，讓他再次回到朝廷。看似個可喜可賀的結局，但許雲封進的卻是演奏朝廷典禮音樂的曲部，他的笛音從此消亡，在後代的故事中再也沒有他的蹤跡。

許雲封是否眞有其人，其實很難說，而他的故事顯示了中晚唐的人們如何看待那個時代。這種懷舊的心情，常常讓後世的讀者以爲中晚唐的生活不如盛唐。從物質生活來說，中晚唐的人其實過得並不算差，晚唐的一位皇帝曾經感慨，盛唐時皇宮的內庫有一種特殊的錦袍，只有唐玄宗與楊貴妃各一件，到了他的時代，這種錦袍只要是有錢人就能穿得起，一點都

不稀罕；從另一面來說，原先由宮廷獨占的技術流入民間，交互影響下，帶動了社會的變化。

樂舞也是如此。與李謩、念奴、李龜年同爲教坊名家的公孫大娘，以劍器舞名聞天下，她在幾時亡故不得而知，但她的弟子留在四川，曾被杜甫目擊於白帝城中重現劍器舞。許雲封也曾在江南逗留多年，他們所擁有的樂舞技藝也由此流入民間。

從權力集中的皇權角度而言，安史之亂摧毀了一切的秩序，讓皇帝不再擁有至高的權力；但是從中下層社會的角度來看，安史之亂釋放了原先由中央掌控的資源，此後的東亞世界進入了另一個階段——思想、物質、社會、經濟都發生了不同程度的變化，新的時代應運而生。

當元稹寫下〈連昌宮詞〉、當白居易寫下〈長恨歌〉時，並不只是單純地批判或緬懷過去，他們代表了新的世代、新的美學。

那是破壞之後的新生。

第十三章

龍女們的第二春

小龍女與她們的男人

前面我已經說過，安史之亂後的中晚唐，雖然中央在政治上顯得軟弱無力，但是文學、思想與經濟卻蓬勃發展，宗教信仰也攀上另一個高峰。外來的佛教已經深入整個唐帝國，與佛教相關的知識也逐漸滲入一般人的生活，比如龍王。

漢地的龍，原先與神仙信仰有關，是巡遊於天的神獸，與雲相伴、也同時有變化的各種超能力，堪稱古代中國的變形金剛。

佛教傳入中原後，在佛教信仰體系中的龍王成為隋唐帝國的水系神奇寶貝，在枯水時就有人要召喚他們出來幫忙了。到了中唐，水中有龍的想法已經滲入得很深，被收入國文課本中的「**水不在深，有龍則靈**」，顯示人們已經深深地相信龍居於水中。

在這裡要先澄清一下，即便唐代的人們相信水中有龍，但是「四海龍王」的觀念還很薄弱，只有東海龍王曾經在零星的幾處出現過，似乎還不成氣候。唐代的官方祭典中，東南西北海的海神仍來自道教或古代的傳說，四海海神與五嶽山神都被唐代的皇帝冊封爲王，成爲服膺於皇權的自然神靈。

儘管海龍王還沒有成形，江河湖潭中的龍王們倒是不少。唐帝國裡的龍王們有一部分生活承襲佛教中的論述，比如龍王會行雲布雨，麾下有小龍無數供其使役，龍族的天敵是金翅鳥，遇到金翅鳥就會被吃掉……

龍王進入唐帝國之後也在地化、世俗化，不完全只以龍身示人。祂們以家族爲單位統治著地上的水系，同一水系的龍有親屬關係，不同水系的龍會互相嫁娶，龍王與家人累代住在同一個地方，接受上天的指示行雲布雨。龍二代們如果安分守己，通常不會有事，要是個性乖張，就會遭到天譴，甚至連累爸媽。但小龍就算被懲罰，從其他龍家嫁來的妻子未必會有事，而夫家與妻家有時候也會發生衝突。

爲什麼我們會知道這些事呢？當然是因爲有些凡人莫名其妙地捲入了龍的戰爭呀！

柳毅：洞庭湖的女婿

有這麼一位凡人，名叫柳毅，他是洞庭湖附近的人，進京趕考，出師不利，在回家的路上，於涇河附近遇到了一位放羊的正妹，只見正妹愁容滿面，好像很難過。

「發生什麼事了嗎？」柳毅問，一問之下才知道，原來正妹是洞庭君的女兒。這位小龍女嫁了北方的涇河小龍，可惜婚姻失和、公婆不挺，身為堂堂的龍女還被迫去放羊——當然她放的不是羊，而是龍要去下雨時的經濟動物「雨工」，簡單說，是她夫家的生財工具。

小龍女不敢隨便跑回家，當時又沒有手機，沒辦法向爸爸哭訴。於是，她早早就相中柳毅，知道他住在洞庭附近，特地來堵他，拜託柳毅送信去她家。一聽到這裡，柳毅就怒了：「什麼！以為是條龍就可以欺負正妹嗎？不行！我要幫妳出這口氣！」

帶著鄉民的義氣，柳毅一路殺回洞庭，按著小龍女的指示，把信送達她爹手中。然而沒想到，洞庭君看起來人模人樣、氣宇非凡，卻是個怕事的廢渣，一聽到女兒被苦待，第一個反應竟是哭，第二個反應則是不准家裡的龍哭，爲什麼呢？

說時遲那時快，只聽得後殿一聲：

「拎娘咧！」

罵聲沖天簡直把柳毅嚇掉一身毛。只見一條至少三千公尺長的龍，從後殿衝出前殿、再衝出洞庭湖，然後一路衝上天！不需助跑不需加速，還發出轟隆隆的訐譙聲，大概就是這樣：「去你的是誰欺負我的寶貝姪女？恁爸拚性命跟你輸贏啊啊啊啊！」

聽起來不覺得恐怖對不對？聽起來其實有點搞笑對不對？沒關係，那是因爲你只有聽，你沒有看！請閉上眼睛，想像一下你站在高鐵的黃線上，有人把五串高鐵串在一起，加速到時速三百公里，然後從你身邊衝過去。是不是好恐怖！大家不妨想想柳毅的心情，他如果再往前站那麼一點

點，就會被龍速列車碾成肉醬！難怪他嚇得仆地發抖。

倒是洞庭君淡定地扶起柳毅：「別怕別怕，你沒事吧？」

「我的老天呀，這是什麼東西？」柳毅發著抖問。

「不好意思不好意思，這是我弟。」洞庭君說，露出無奈的苦笑，他剛剛才告訴柳毅，弟弟錢塘君之前和天將鬧不和，就把天界的五山都給圍起來，天帝就把錢塘君關在洞庭湖底反省，就是怕錢塘君知道小龍女的事情後去算帳，所以他才不准家裡龍哭……

這一頭，洞庭君正安撫著柳毅，那一頭的錢塘叔已一路殺出洞庭，早上七點出發，九點就殺到了涇河，從洞庭湖的君山殺到龍女所在的涇陽縣，依照谷歌大神的現代高速公路距離來算是八百七十一公里，扣掉錢塘叔從洞庭湖底升空和降落的高度差，錢塘叔的時速至少高達四百公里，比高鐵還要快！

「給恁爸死出來！」錢塘叔一到姪女夫家就開始砸店，小龍自然不甘示弱，馬上從河中跳出來相殺，一時間涇河暴漲、八百里盡成澤國。

俗話說得好，江湖在走、板金厚度要有。錢塘叔至少八千歲，老龍皮粗肉厚不是蓋的，沒多久，就把渣男姪女婿給收拾了。

錢塘叔在外頭打得一塌糊塗，柳毅尚驚魂未定，幾個小時之後，就聽見一陣音樂聲，遠處降下一位美人，眾人紛紛趕上前迎接她，正是苦海女神龍回家了。似乎是太久沒有回家，小龍女心中悲喜交集，一時間不知身在何方，由眾人服侍著走進後殿。

就在小龍女之後，煞氣的錢塘叔意氣風發地回來，他告訴柳毅和洞庭君，他不但用超高速解決問題，途中還跑去天上向天帝報備此事。也不知道天帝這次是哪根神經斷掉，不但原諒他跑去涇河圍事的暴走行徑，還饒恕了他的罪，簡單說，他自由了！

看到這裡，等等……這是哪門子的處置？兩條龍打架，人間當然不可能沒遭難。錢塘叔這一鬧，人間想必是做大水又淹莊稼，但天帝完全沒在

有一天，柳毅和錢塘叔一起喝酒，喝著喝著，錢塘叔突然說：「欸！我有一個提議，你要是肯的話，我們一起榮華富貴，不答應的話，我跟你同歸於盡。」

也就是說，錢塘叔沒有要讓柳毅拒絕的意思，柳毅只好說：「你說說看啊。」

「我姪女這麼正又有錢，我要你娶她。」

作媒千萬不能像錢塘叔這樣亂來，弄得一副老子給你飯吃、要強逼柳毅入洞房的態勢。柳毅當然不幹，他講了落落長一大段話，意思是：「我就是一個人，和你們這些很厲害的龍沒法比，但就算你發酒瘋沒禮貌，我也不會輕易就範，要跟我拚就來！不爽就把我吃掉啊！」

其實，大家真的以為柳毅這麼不畏權勢或者不愛龍女嗎？我不能說他不勇敢，但我覺得他根本就在逞強。各位不妨想想，龍君請客，旁邊難道沒有旁龍？對柳毅來說，眾龍目睽睽之下，女方親友逞凶鬥狠逼他娶妻，

他要是就這麼答應了，小龍女會怎麼想？而且不要忘記一件事，小龍女也是龍，她只是比她叔叔小隻，但還是一隻龍，你說柳毅如果馬上說：「好呀好呀我來娶我來娶」或者「我娶我娶不要吃掉我」，這樣的男人，小龍女會看得起他嗎？

在正妹之前，就算再怎麼魯，也要裝不魯啊！

就這樣，柳毅贏得了龍們的尊敬。但是，錢塘叔有點二百五，軟下來之後沒有馬上追擊，於是柳毅也沒有機會可以順水推舟接受他的好意。戀愛都是這樣的，若是有那麼幾個假會的人在那邊亂搞，總不比自然發展來得順利。結果，柳毅雖然建立了硬漢形象，卻上了神壇下不來。過幾天，他準備告辭，龍媽媽特別爲他設宴，又叫小龍女出來感謝。

面對著正妹含情脈脈的眼神，柳毅不由得後悔自己話說得太早。然而，話已出口，而受了傷的龍女也沒勇氣主動探問，於是，就這麼錯過。

直到多年之後，柳毅經過了婚姻的心碎，他才有機會再次與龍女相逢。這回龍女假裝成凡人，遵循人類的媒妁之言嫁給柳毅，面對柳毅覺得妻子長得和龍女很像的質疑，龍女一直裝傻到底。直到孩子都生了，生米煮成鍋巴，她才坦白自己確實是龍女。龍女告訴柳毅，他走了之後，她曾經一度被迫嫁給四川的擢錦江小龍，但是她拒絕了。經過抗爭之後，她終於獲得諒解，當洞庭君夫婦要派人再向柳毅講親時，不料柳毅早已娶妻，一直等到他的兩個妻子去世，龍君一家才趕快下手為強。

這是個可喜可賀的老哏結局，柳毅也因為娶了龍女，而得到與龍同等的壽命，他與妻子先居於南海、而後隱居於洞庭。後代還有另一篇傳奇，接續說柳毅接了岳父的位置，成為新的洞庭君，或許，他也成了一條龍。龍壽萬年，在龍覺得是正常的時間，在人類而言，卻是看不到盡頭的漫漫長路，得到萬年壽命的柳毅，又將如何面對故舊亡故、獨有他以人身生活於龍群中的孤獨感呢？

然而，我們從來沒有人問過龍女，為什麼她會選擇這個平凡的男人。

爲了他，龍女化作凡人，隱居在人類之間。她是那麼強大的龍，爲了愛情，必須縮小自己適應人類的生活，會不會有無法忍受的時候？會不會有想跳脫人身馳騁於九天之上的衝動？

九娘子：女龍君的誕生

柳毅和小龍女的事情過了快一百年後，大約在晚唐，一樣在涇河附近，有一個小潭叫「善女湫」。小潭環境優美，潭水清澈湛藍，卻不知有多深，附近的人常常看到這裡出沒一些水中的精怪，也不知道他們從何處得知善女湫住著一位龍女，於是他們就以「九娘子神」來稱呼她。在善女湫往西兩百多里的朝那鎭附近，則有另一個小潭，潭中也有一位龍神，人們管他叫「朝那神」。

晚唐的一位節度使叫周寶，被派到此處爲官。原先無事，突然有一陣子，從這兩處小潭中湧出無數雲氣，形狀各異，形成詭異的氣候，一天到晚打雷下雨，弄得處處淹水、莊稼泡湯。周寶一開始也沒想這麼多，以爲是自己沒做好惹得上天不開心，直到有一天他午覺睡得正酣，恍惚間只見一名武士對他說：「九娘子要見你。」

「誰啊？又不是我的親戚，這樣不好吧？」周寶朦朧間，見對方異常堅持，只好去見見這位九娘子。兩下一見，竟是位年約十八、九歲的清麗少婦，氣度優雅、衣裝不俗，周寶也趕緊整肅儀容，鄭重地接見她。

九娘子的隨從不少，他們稱呼她爲「貴主」，這其實是對公主、郡主、縣主等王公之女的稱呼，不過九娘子從不以自己的身分爲貴，她是以陳情的態度來懇求周寶協助。

「到底是怎麼回事呢？是誰敢欺負貴主？快請說來，我一定管到底。」周寶說。

於是，九娘子娓娓道來身世。原來她的家族是東海邊上的龍族，卻無緣無故被人類放火屠殺，爲了躲避仇家，幾次搬遷之後，來到涇水附近，

她爸爸就在這附近當龍君。她身爲龍君的第九女，被嫁給南方象郡的石龍家小兒子，因爲丈夫個性暴烈、公公又是個恐龍家長，最後石龍家族遭到天譴，全死光了，唯獨她倖免於難，回到娘家。

前夫的悲慘遭遇讓九娘子不願再婚，但她的父母就像洞庭龍君夫婦一樣，強力要求女兒再嫁，九娘子堅決不從，就被打發到善女湫來。雖然失去了家族的溫暖，但她在這裡生活得很平靜，一點都不想再委屈自己。

沒想到，她老爸不知哪根筋斷掉，竟與那號稱朝那神的朝那小龍結成一氣，要將她嫁給朝那小龍的弟弟，又知道她不會聽話，竟然要朝那小龍兄弟出兵把她抓走，強逼爲婚。

俗話說得好，不怕神對手，就怕豬隊友，尤其這隊友還是自己的爸爸，九娘子也非常無奈。前陣子那些下雨打雷噴雲噴霧，其實就是她率水中波臣和朝那兄弟作戰，而她竟然都贏了。

周寶覺得這事實在太詭異，九娘子說完來龍去脈，才表示希望他能借一些人間的兵馬給她，這更是詭異了：「妳是龍耶，還需要人類幫忙？」

「你說的沒錯，我們全家都是龍，表親堂親加起來上百，洞庭湖是我媽的娘家，鄱陽湖和南方的陵水羅水也和我有親戚關係，發信去烙龍一點都不難，揪團圍毆朝那小龍更是小菜一碟。但是這麼多龍群聚於此，你的百姓全都得死，遠的不說，就說洞庭湖的外祖父他們家和涇河龍家打那一架有多可怕，你應該知道吧？爲了不連累無辜，才需要借人類一用啊。」九娘子說。

聽了九娘子一席話，再想到上百條龍速列車統統飛來的恐怖情境，周寶馬上就答應借兵。隔天，他派出兵馬到善女湫附近鎮守，當天晚上，九娘子的使者就來了：「感謝您借兵，但您借的都是活人，我們沒辦法用喔，可以換死掉的來嗎？」

「不早說、早不說！」周寶心想。隔天，他又派人去清點兵籍卷宗，找出那些已經死亡的將士名字，湊足了五百名騎兵、一千五百名步兵後，

叫一個將領帶著名冊送去善女湫。接著他撤回鎮守的兵卒，只見一個兵卒抽搐倒地不起，天亮才悠悠轉醒，兵卒轉告周寶：「貴主說，這次派的將領不給力，被敵軍整個打爆，請您再換一隊厲害的過去。」

第一次聽說借將還有七天保固、不行就退貨的！不過周寶果真服務周到，馬上派了手下最強的大將鄭承符去善女湫，白天剛去，晚上就傳來消息，說鄭承符死了！雖是如此，但鄭承符的屍體完全不像屍體，心背還有點溫度，既不腐敗也沒有臭味，只是沒有氣息。

不久，天氣再度異變，陰風慘慘、飛沙走石，濃厚的雲霧纏繞整個涇河地區，長達數日，誰也不知道怎麼回事。忽然，一道晴空霹靂降下，劈開雲霧，已死的鄭承符竟發出聲響，醒了過來。

「這是怎麼回事？」大家七嘴八舌地問。

鄭承符睜開眼睛，恍惚說起他前去替九娘子效力的事。在他前往善女湫之後，就有人去迎接他，把他帶到一座城池裡，城外是慘烈的戰場，城中卻陳列著無數奇珍異寶，而龍女登台拜將，將自己這個小小國度的未來託付給了鄭承符。原本，九娘子想以賓客的禮儀來優待他，但是，從未獲得國主這般尊重的鄭承符認為，他受了這個國家的公文與戰甲，就是臣子，於是，他向九娘子下拜，確定了這一龍一人之間的君臣關係。

接著，熟悉山川形勢的鄭承符帶領九娘子麾下的兵馬與向周寶借的鬼兵，以欺敵之術擊敗了朝那小龍。鄭承符描繪那場戰爭十分激烈：「**血肉染草木，脂膏潤原野，腥穢蕩空，戈甲山積……**」而他最終生擒了朝那小龍，獻給九娘子。

這場再婚風波，由九娘子一方大獲全勝。她原想殺掉朝那小龍，隨後她爸爸卻派來使節，承認一切都是他的錯，請求放了朝那小龍。九娘子也從善如流，放走了朝那小龍，倒是小龍自己太羞愧，還沒到家就自殺了。

戰爭結束，九娘子封鄭承符為大將軍，給他極高的薪水與各種優厚待遇，但是鄭承符總有塵緣未了，就向九娘子請了一個月的假，回生返家。

醒來之後，他就開始交代後事，他對妻子說：「我這一輩子，就是希望能在戰場上一展長才，不幸貶謫於此，平生有志難伸。雖然這回只是作爲貴主的鷹犬，爲她雪不平之事，但在那個世界，我終於有機會大顯身手、號令天下。我早晚會接到貴主的命令，而妳我也終須分離。」

不久之後，鄭承符無疾而終，這回是眞的死了。在他死後，有個走夜路的旅人，在清晨時分看見數百人的兵馬簇擁著鄭承符出城，軍隊走到善女湫後，就消失不見了。可以合理地推測，鄭承符再入龍女之國，成爲九娘子的臣子。

一樣是再嫁、一樣是不遵父命，兩個小龍女的決定卻大不相同，洞庭小龍女爲愛再嫁凡人，柳毅也爲了愛，進入龍的世界，接受了神仙一般的生活。而九娘子堅守獨身，堅決不做朝那小龍家的囚徒，她憑著自己的才智與學養說服節度使，而她的王者氣度讓鄭承符捨棄一切，願在麾下效力、代她征戰。她與鄭承符沒有男女之情，卻締結了君臣之義，最終，她擊敗父親，成爲一位眞正的龍君。

哪一個選擇，才是好的選擇？過去總認爲古代中國的三從四德是唯一的指標，九娘子的選擇卻顯示出，在唐代可能還有一些女性想要成爲自己的主人。

第十四章

安祿山與沒有聲音的胡人

我有一個「唐國夢」

二十世紀初，英國探險家斯坦因行經敦煌的烽燧（烽火台）時，意外得到了一包一千六百年前的信，信上是他完全無法解讀的文字。

在斯坦因之後，前往敦煌盜取經卷的法國探險家伯希和，則在他取得的文書中發現了《沙州都督府圖經》，從中發現一個康姓人名可能與伊朗語有關，而康姓是來自西域康居國的人經常使用的姓氏。於是伯希和追溯唐書，發現曾有康國的首領率眾移入唐帝國的紀錄，因此認爲唐代敦煌的蒲昌海有一個康居移民的聚落，而古稱康居的康國與其周邊的諸國，在漢文、阿拉伯文與拉丁文中，有另一個統稱，叫做「粟特」。

由此，各國學者展開了對粟特的研究，但在多年以後，學者們才確信，斯坦因得到的那包信上，寫的正是粟特文。而使用這種語言的人，曾在三到九世紀的歐亞大陸上縱橫來去，甚至掀起一場席捲中國的動亂——一場被稱爲「安史之亂」的戰爭，震盪了大半個亞洲。

在歷史課本上，「安祿山」只是個一閃而過的名字，頂多上課時會提到他是個愛跳舞的胖子、傳說和楊貴妃有點曖昧……但是，他的人生其實乘載了他的族群的命運。

位於今日中亞的烏茲別克與塔吉克，阿姆河、錫爾河所夾的狹長地區被稱爲索格底亞那，住在這個地區、說粟特語的人，被稱爲粟特人，這種「語族」的概念與今日認知的「種族」並不一致。

粟特一詞是《魏書》中的譯詞，在漢魏之間的史料中譯爲「粟弋」，在此之前，則以康居、安息等國名存在於漢文文獻中。粟特人出現在此地區的時間很早，大約在西元前六世紀的波斯帝國時代，就已定居下來，並成爲波斯帝國的一部分。西元前四世紀，隨著亞歷山大大帝東征，粟特人也被征服，在亞歷山大大帝死後，被併入了希臘化的大夏王國。兩百年

後，當匈奴人在北方崛起，大月支西遷，粟特地區戰亂憑仍，暫時從歷史上消失。直到張騫在西元前一世紀，從西域帶回康居國的情報，索格底亞那的歷史才又被銜接起來。

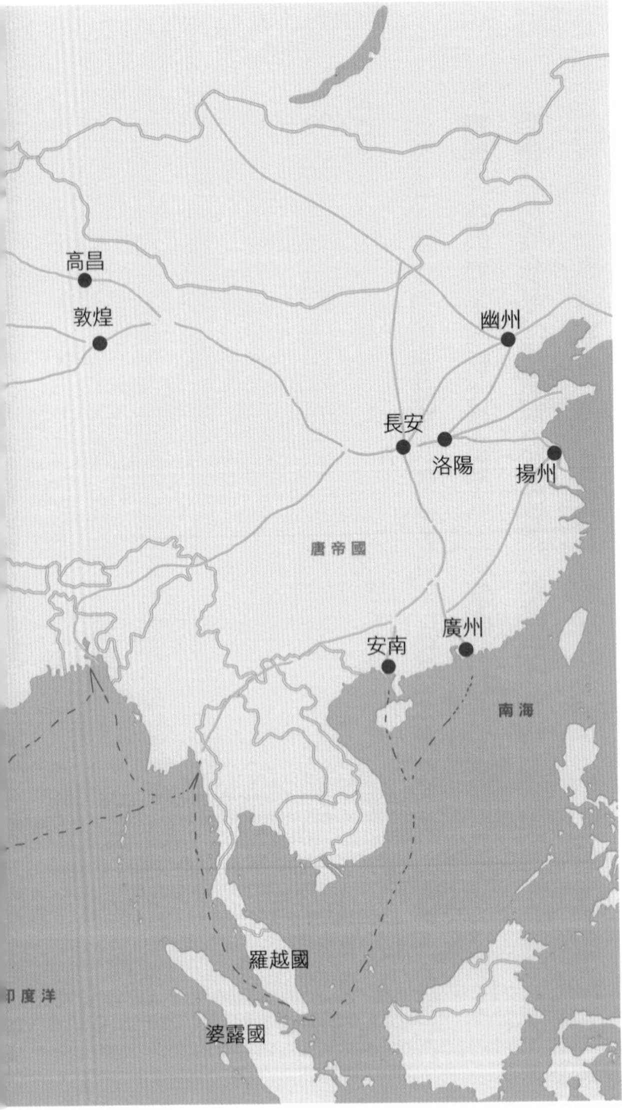

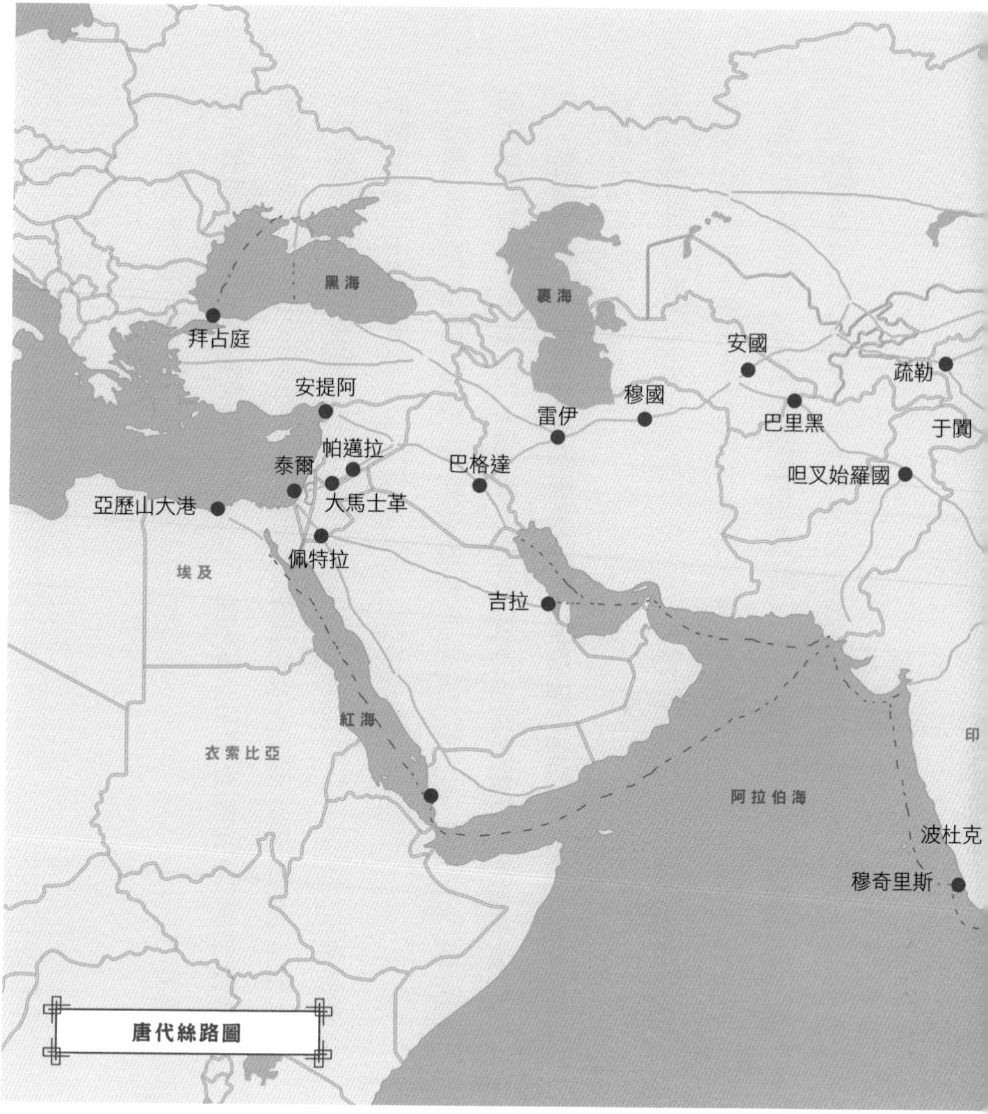
黑海
裏海
拜古庭
安提阿
帕邁拉
泰爾
大馬士革
亞歷山大港
佩特拉
巴格達
雷伊
穆國
安國
巴里黑
疏勒
于闐
吧叉始羅國
吉拉
埃及
紅海
衣索比亞
阿拉伯海
印
波杜克
穆奇里斯
唐代絲路圖

小國崛起

粟特人一開始出現在歷史舞臺上，就伴隨著經商的紀錄，但是他們一開始都是作爲各個王國的附庸存在。在西元初到三世紀，控制著西域商業的主要商人都來自於貴霜王國（今阿富汗與北印度），粟特人僅僅是貴霜商業網絡中的一小部分而已。

隨著貴霜王國的衰落，粟特人趁勢而起。三世紀開始，他們逐步甩開貴霜的制約，透過納貢等方式，建立起自己的商業網絡，連通東邊的中國、北邊的游牧汗國和西邊的羅馬帝國，斯坦因得到的那包信，就寫於這個時期。

這包信被稱爲「粟特文古信札」，共有八封，寫成的時間約在西晉末年，從姑臧、敦煌等地寄出，要送往撒馬爾罕與沿途的城市。這八封信顯示了粟特商人一直關注著中國的局勢，在撒馬爾罕通往中國腹地的沿線上，都有粟特人的組織，甚至有各地的代理商與轉運商。

魏晉南北朝時代，雖然中國境內政權林立，卻未能阻礙粟特人逐漸在中國站穩腳跟。政治的力量對於他們而言，是經商必須的助力，他們早年是混入使團中跟著代表西域諸國使節進入中國朝貢，藉此掩護他們的商業行動，當他們在中國站穩之後，也隨之引入更多的粟特人，在絲路的要衝上建立一個個聚落。對於當時無暇他顧的統治者來說，命粟特人自己推選出的首領管理是最方便的做法。

因此，粟特語中的「薩寶（保）」（隊商首領）就納入了北朝至隋唐的政府組織中，各郡的薩寶到中央的大薩寶，成爲管理粟特人與其他西域移民的政府機構。北齊與北周的粟特人不只經營生意，也在隴西養馬支援戰爭，還在北齊、北周和北方興起的突厥之間，擔任傳譯與外交工作。語言在商業與外交領域是最重要的武器，粟特人卓越的語言能力和遊歷各國的經驗，讓他們得以擔任使節。

粟特人的勢力也不只向中國延伸，他們很快就得到了北方游牧政權

的信任，六世紀突厥汗國興起之後，便倚賴粟特人協助管理麾下的諸多部族，甚至出使到歐亞大陸另一頭的東羅馬帝國。

向地與海的盡頭出發

當時，日益強大的突厥造成了北齊和北周的壓力，兩國送出大量絲綢以求突厥不南侵。對於游牧民族而言，絲綢的用處不大，但在粟特商人眼中，這些絲綢就是不需成本的商品，與其囤在營帳裡蟲吃鼠咬，不如賣出去賺取暴利。於是，粟特人說服了突厥可汗，讓他們派出使團前往波斯與東羅馬帝國。

粟特使團就像一幫業務員，他們首先來到波斯，希望說服波斯王購買突厥擁有的絲綢。但是波斯王意識到粟特人作為突厥先鋒、試圖壟斷整個歐亞大陸絲綢專賣的意圖，此舉無疑會犧牲波斯商人的權利，於是拒絕，並發動了海上與陸上封鎖，試圖截斷粟特人與東羅馬帝國的聯繫。接著粟特人取道北境，躲開了波斯的監控，成功進入東羅馬帝國，也促使東羅馬帝國向突厥派出特使。最後，這些來自北齊北周的免費絲綢，成爲粟特人對波斯等國發動商戰的武器。

從洛陽、長安、河西走廊、歐亞草原到地中海，從北齊北周的皇宮、突厥的汗帳到東羅馬皇帝的宮殿，粟特人出身於歐亞大陸的正中央，準確地感知著世界的脈動。沒有一個地方是粟特人進不去的，即便在西藏與北印度交界的山嶺中，也有他們活動的足跡。粟特語成爲連通歐亞大陸的通用語，夾在各國勢力之間的小國，憑藉著靈活的身段與絕佳組織力，建構起一個隱形的商業網，粟特本土也迎來了前所未有的黃金歲月。

但是，粟特人並不知道，一個巨大的威脅正在西方醞釀著。

粟特本土有許多大小不一的城市與寨堡，各由當地的家族統治；寨堡與規模較大的小型城市，則向大城城主稱臣。這些以大城爲中心結成的城邦，在漢地文獻中稱爲「國」[2]。河中地區的粟特城邦有康國、安國、米國、東曹國、西曹國、何國、畢國、史國等。

在中古時期，這些粟特城邦以何國爲界，分爲東西兩部，西邊奉安國爲首、東邊則以康國馬首是瞻。在粟特城邦中的貴族並沒有明確的階級與稱號，多稱爲「迪赫坎」（Dihqān）與「領主」（Khuv），可同時用於康國、米國等國的國王，也可用於臣服其下的城主。

---

2 關於粟特城邦的地理環境與阿拉伯帝國未入侵前的城寨分布、統治情況，參見巴托爾德（V.V. Barthold），張錫彤、張廣達譯，《蒙古入侵時期的突厥斯坦》（上），第一章〈河中地理概述〉，頁七七～二〇九。

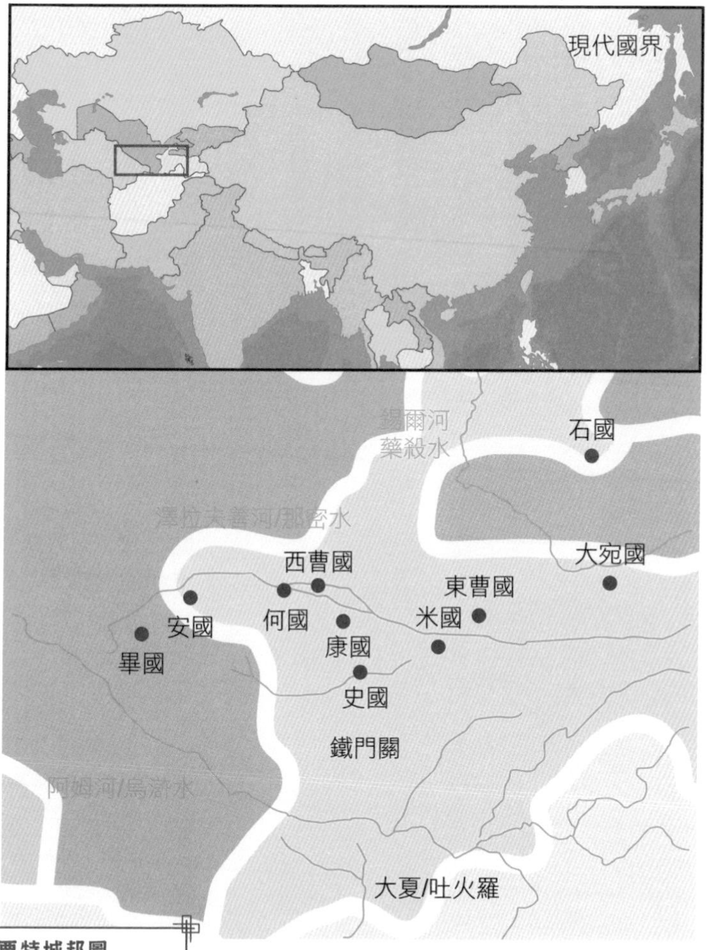
現代國界
錫爾河
藥殺水
石國
澤拉夫善河/那密水
西曹國
大宛國
東曹國
何國
米國
安國
畢國
康國
史國
鐵門關
阿姆河/烏滸水
大夏/吐火羅

粟特城邦圖

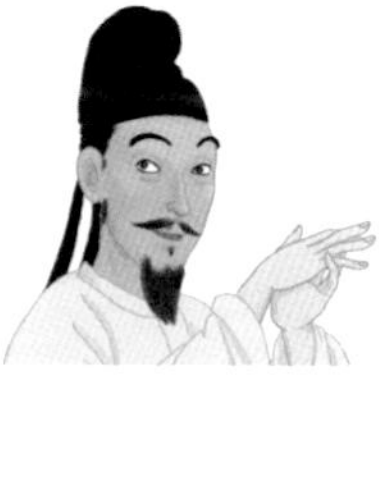

除了世襲的貴族之外，粟特還有大量的自由民，他們可能是手工業者、農人、小商販或工人，另外還有大量的奴隸。此外，就是大量的粟特商人，大商人的地位甚至能與王公貴族同等。事實上，許多貴族也經營商業，例如附於安國的畢國，就是一個商人城，沒有國王，由商人們共決國事。在近年的考古研究中，也已經發掘到畢國的商棧與城牆，有相當寬大的大門，可能是考量到商人裝卸的需求，其商業貿易之興盛，可見一斑。

不過索格底亞那雖有寨堡、城市與城邦這三層形制，結構卻不嚴密。像畢國隸屬於安國，似乎不能算是一個城邦，但是在漢地文獻中，仍稱其爲「畢國」，這一點在阿拉伯文獻中也有紀錄：「**畢國可視為一個城邦，國人不喜歡任何人稱其國為村莊。如果畢國公民去至巴格達，被問起來自何方，他會說自己來自畢國而非安國。**」由此可見，即使在政治上隸屬於安國，畢國人對於自己的城邦仍有很深的歸屬感與驕傲，並不認爲自己就是安國人。鬆散的結盟與諸國之間的衝突，對於粟特人原先的宗主突厥與中國而言，並沒有太大的影響。

到了七世紀，西方的阿拉伯帝國崛起，在史料中稱之爲大食。在擴張的過程中，首先擊垮了波斯，將帝國的疆域推到粟特邊界，而粟特人內部的矛盾，也成爲阿拉伯帝國向東擴張的助力。首位攻入河中地區的呼羅珊總督在六七三年揮軍東征，雖然只是攻下畢國，並在安國範圍內抓走一些俘虜，卻未駐軍。

六七五年新總督上任後，再次東征，當時西粟特之首的安國太后雖然希望以重賄送走阿拉伯人，但出於戰略的考量，阿拉伯人接受安國的和議並要求以當地的領主們爲質。在安國的協助下，阿拉伯人得以繼續攻打東粟特諸國，而後又退回阿拉伯境內。

數年後，阿拉伯人第三度攻入索格底亞那，以美貌著稱的安國太后不惜以身相許，請求康國王、粟特全境之王突昏的協助，最後粟特聯軍再次失敗，阿拉伯軍隊也因此得到安國換取和平的大批財寶。

雖然在阿拉伯文獻的紀錄，七世紀下半的這數場戰爭中，粟特諸國損失了不少錢財與領主、武士，但是阿拉伯人當時的目的僅止於掠奪。眞正使阿拉伯帝國在粟特站穩腳步的人，是七〇四至七〇五年就任呼羅珊總督的屈底波。除了勇猛詭詐之外，屈底波也充分利用了粟特諸國間的矛盾，尤其在七一二年攻打康國的戰爭中，屈底波是在安國與火尋國（即花剌子模）的幫助下得勝。

除了戰爭，屈底波也在粟特諸國大興土木、建立清眞寺，甚至逼迫城市中的居民搬遷，以使阿拉伯人得以進駐，屈底波的軍隊據說北至石國（即赭時）、東至唐帝國境內的疏勒鎮（即喀什）。隨後粟特諸國在畏懼之下，趁著屈底波回師呼羅珊時，向突厥請求支援，雖然此次戰事失利，卻也使突厥的勢力進入河中地區。

屈底波之後，長達二十年的時間，總督們陷入與突厥、突騎施纏鬥的泥淖，粟特諸國作爲戰場，更是苦不堪言。

直到善於用兵也長於治民的總督納斯爾就任，納斯爾除了繼續作戰之外，也改善內部的稅制問題，並接納曾經投靠突厥的粟特人有條件地回歸。然而納斯爾的時代僅持續了短短十年，由於此時阿拉伯帝國的政權正逐漸由烏馬亞家族轉向阿拔斯家族，政治與宗教上的激烈衝突，致使納斯爾不得不在七四八年退出呼羅珊。

同一時期，阿拔斯王朝興起、突厥第二汗國滅亡，而唐帝國也來到極盛的轉捩點——玄宗天寶年間。

西邊是剛改朝換代的阿拉伯帝國、東邊則是如日中天的唐帝國，索格底亞那無可避免地再次成爲兩國角力的戰場，七五一年的怛羅斯之役，唐帝國重奪西域的意圖就此中斷，七五五年的安史之亂後，更是完全失去對於北亞、中亞的控制權。

隨後興起的迴鶻、烏古斯等原屬突厥的游牧汗國阻斷了索格底亞那與唐帝國的交流，河中地區成爲突厥人與阿拉伯人交鋒地區。爲求生存，粟

特人或伊斯蘭化、或突厥化，也逐漸拋棄了粟特這個名字。當阿拉伯文獻開始記錄粟特地區的歷史時，已是十世紀以後的事了，當時粟特人的商業規模大不如前，世界局勢也已經改變。

安祿山——一個粟特窮小子的奮鬥

怛羅斯之役失敗後，唐帝國的勢力再也無法深入中亞，原先受到唐帝國保護的粟特人也無法回到故土，於是他們積極地成爲唐帝國的一分子。

在此之前，由於突厥內部局勢混亂，部分突厥人與粟特人內附，與原先就居住於此的粟特人們合流，有人從軍、有人繼續經商。而唐玄宗重用胡將的策略，也帶給這些與突厥雜居的粟特人出頭的機會，安祿山就是其中最成功的案例。

安祿山的名字是粟特語，原意爲光明。由於粟特人多信奉祆教，祆教崇拜火、崇拜光明，相信黑暗與光明會不停地戰鬥，因此在轉譯的過程中，就把光明的意思衍生成戰鬥神。安祿山的母親是一個突厥女巫、父親姓康，在父親死後，母親改嫁安延偃，安祿山也跟著改姓安。

現代常說外國窮小子到美國發展是一種「美國夢」，那麼安祿山的人生，可以說是一個粟特人的「唐國夢」。由於突厥發生動亂，安祿山一家逃往唐突邊界，成爲寄居於唐的難民，散居在北方的營州一帶。

就像現代人很重視語言能力一樣，粟特人爲了行商方便，也大多能通數種語言。安祿山年輕時，因爲能說六種（也有說九種）蕃語，所以在邊境的互市擔任仲介與翻譯（牙郎），靠著仲介收入爲生。或許是收穫不豐，他曾一度因偷羊被抓，險些喪命，就在千鈞一髮之際，剛好節度使經過，安祿山突然大喊：「您不是想平定奚和契丹嗎？怎麼在此時殺掉有用的人呢？」

一個窮小子竟然發此豪語？節度使被他的話所吸引，暫時饒他一命，並將他編入麾下。因爲對不同族群的了解、加上善於逢迎，安祿山很快得

到節度使的賞識，成爲節度使的義子，在中亞的文化中，義子或貼身宿衛就是視做心腹的預備幹部，這樣的風俗在當時已經深入唐帝國的胡人軍旅，安祿山也憑藉著節度使的信任，逐漸站穩了腳步。

當然，仕宦途中沒有一帆風順的好事，就在他逐漸升遷時，他被同僚陷害、失去長官的信任而背上黑鍋，甚至一度被判死刑。不過，突厥與粟特的天神似乎眷顧著這個在異鄉打拚的孩子，又在千鈞一髮之際，當他的死刑判決送到唐玄宗案前待批時，玄宗突然想起似乎曾在將官進京時見過這個年輕人，起了惜才之心，竟免了死罪，命他戴罪立功。

史料上沒有記載安祿山的心情，但在大劫之後，安祿山更努力鑽營，各種陰謀手段也更加凶殘了。很快地，他靠著戰功扶搖直上，也積極以粟特的人脈經營副業、以政治力庇護旗下的粟特商人。如同他的粟特祖先一樣，安祿山在商業、政治與軍事上齊頭並進。

經過二十年努力，安祿山在三十九歲時成爲節度使，除了皇族之外，唐史上很少有人能在這麼年輕時就爬到這個位置。他同時在天寶末年統領了三個藩鎮，成爲河北最有權力的人。同一時期也有其他的胡人將領，但大部分出身胡族的高等軍官，都是部落首領或首領之子，像安祿山這樣白手起家、沒有家族背景後援的大將，幾乎沒有。

不過，安祿山並不是沒有敵人，爲了保住地位，他努力地巴結玄宗最寵愛的楊貴妃、甚至不惜拜貴妃爲母，許多人因此傳言他與貴妃有私。這個傳言純粹是爲了抹黑楊安二人而起，貴妃當時已等同皇后，安祿山的胡人相貌與肥胖身材，在當時的長安常被當成取笑的對象，加上宮中耳目眾多，楊貴妃實在不可能與安祿山有私情。相反地，安祿山成爲貴妃的養子，也如他當年拜節度使爲父一樣，是以中亞的習俗與皇帝締結信任關係。爲什麼他不直接拜玄宗爲父呢？或許是因爲皇帝本來就是天下人的父親，而且認一個胡人外臣爲義子，更易引人非議。

雖是如此，安祿山卻無法避免與貴妃家族的衝突。貴妃的堂兄、宰相

楊國忠本身也是個具有商業頭腦的人，楊國忠的利益與安祿山早年一致，但是隨著安祿山坐大而想入主中央，兩人也面臨決裂。

最後，楊國忠說服了皇帝剷除安祿山，首先是扣住安祿山在長安的家人。殊不知，安祿山早已培養了強大的私兵，楊國忠的行動反倒給了安祿山叛變的口實，於是，造成唐帝國元氣大傷的安史之亂就此展開。

安祿山為什麼要造反？這件事到現在仍無定論。雖然史書上都稱安祿山狼子野心、意圖取而代之，但就我來看，要推動河北三鎮的軍隊調轉矛頭對朝廷，除了主帥的野心之外，可能還有別的因素。我個人有個不太成熟的猜測，還需要更多證據來證明，但我認為有可能是北亞草原的混亂，讓當時的河北湧入太多難民，這些閒置的人力多是牧民，在北方沒有足夠的草場供他們生活，若不透過戰爭的方式重新劃分天下資源，光是要養活這些人民就會耗盡河北的氣力，因此，安祿山才能在非常短的時間內整理軍隊、揮師向東。

漁陽鼙鼓動地來，驚破霓裳羽衣曲，承平日久的唐軍從沒想過要面對自己人。戰火很快地燒向了洛陽與長安，年老的玄宗棄城而逃。半壁江山落入安祿山之手，他建立了自己的帝國「燕」，這個短命的王朝隨著安祿山與其部屬史思明死去而告終，前後歷經八年之久。唐帝國雖然勝利，卻是在安史兩人培養的河北軍人臣服下才得到的慘痛和平，從此，唐帝國失去了對於藩鎮的控制力。

在唐代史書中對於安史二人的評價很低，但是兩人所留下來的政治與軍事遺產由其部屬們瓜分，並因戰爭中的衝突，使得河北人對朝廷從此心生芥蒂，甚至仍立廟祭祀安史二人，尊爲「二聖」。

其實安史之亂的對戰雙方中都有粟特人，但是在大亂平息之後，唐帝國內部產生了強烈的排胡情緒，在未受戰亂波及的揚州，甚至出現了殺胡事件，爲了洩恨，許多長相不像漢人的人無端犧牲，在朝廷內部也有不應重用胡人的激烈言論。

諸如此類的強烈情緒造成粟特人的不安全感，爲了身家性命，粟特人有的改姓；不能改姓的就說自己並非來自西域，而選擇了位於沿海的會稽作爲出身，並表示自己是周代康王之苗裔，比附久遠的世系來表示自己乃是唐人；也不再給孩子取粟特語的名字，並積極與唐人通婚，一代代洗去高鼻深目的外表，以融入唐帝國中。

依附於其他游牧民族的粟特人也差不多如此。在突厥破散之後，原先依附於突厥的粟特人以部族的型態分散到不同的族群中。其中一支被稱作索葛部而併入沙陀，沙陀人在唐末的紛亂中乘勢而起，建立了五代中的後梁、後唐與後漢，其中的後梁與後漢即爲索葛部建立的政權，五代到宋之間，出身沙陀的安氏一族，如後唐宰相安重誨等，也都是索葛部的後人。

改了漢文的譯名，粟特人也改不了他們在武力上的天分，但是失去了根源與族群記憶，在中國的粟特人最終還是逃不過消融的命運。

粟特的後裔

八世紀之後，粟特人不得不被周邊的各個強權同化，最後連語言都逐漸消亡，曾在東亞各地使用的粟特語，也慢慢失去聲音。

一九〇七年，斯坦因在敦煌撿到了那包信，三十多年後，終於有人透過對比的方式解讀出這些文字，認定那是粟特文。

同一時期，一個牧羊童在塔吉克的穆格山放羊，意外拾得幾根樹枝，上面寫著他看不懂的文字。之後樹枝被送往莫斯科，東方學家認出上面寫的是粟特文，於是蘇聯派出考古學家前往當地，挖掘出深埋於山區的八世紀遺跡，帶回更多的粟特文書。

而後，另一位蘇聯的語言學家在塔吉克的雅格那河谷中找到一個族群。這些被稱作「雅格那比人」的人們過著半定居的生活，放牧就是他們生活的全部，他們不太與外界交流，仍保留著自己的語言與生活方式，一代一代地傳承著，即便他們並不清楚這些傳統的來源爲何。

直到語言學家發現他們的語言結構可以和粟特文對應，由此認爲這些人說的「雅格那比語」，就是粟特語的後代，而根據雅格那比人的說法，他們很可能就是在阿拉伯攻擊的戰爭中躲入河谷的粟特人後代。現在，塔吉克當地的組織正在協助他們保存這些正在消失的語言與文化。

冥冥中，那些建立了粟特輝煌時代的靈魂似乎不甘沉默，越來越多的證據被挖掘出來，於是，粟特人的歷史也被一點一點地重建了起來。這塊拼圖至今尚未完成，但是露出的輪廓已足以震驚世界。

回想起來，當斯坦因撿起那包信時，他並不知道，撿到的不只是一包信，而是一個族群的歷史。

參考書目

第一章　**韓愈的生猛海鮮宴**

・韓愈著、馬其昶注，《韓昌黎文集校注》，上海古籍出版社，2014。

第二章　**柳宗元的檳榔**

・柳宗元，《柳河東集（上下）》，上海古籍出版社，2011。
・林富士，〈檳榔入華考〉，《歷史月刊》186（2003），94-100。
・中研院「紅唇與黑齒：檳榔文化特展」網站。
・張蜀蕙，〈馴化與觀看──唐、宋文人南方經驗中的疾病經驗與國族論述〉，《東華人文學報》7（2007.7），41-84。
・卞孝萱、吳汝煜，《劉禹錫》，上海古籍出版社，1980。

・黃永年，〈所謂「永貞革新」〉，《唐史十二講》，中華書局，2007，132-169。

第三章　白居易的廢文人生

・陳素貞，〈唐代詩人羈旅宦遊中的飲食視域〉，《台科大人文社會學報》7（2012.10）109-137。
・朱金城，《白居易集箋校》，上海古籍出版社，2004。
・胡雲薇，〈千里宦遊成底事，每年風景是他鄉——試論唐代的宦遊與家庭〉，《臺大歷史學報》41（2008.6），65-107。
・白居易著、朱金城校，《白居易集箋校》（訂正）。

第四章　元稹的酒

・卞孝萱，《元稹年譜》，齊魯書社，1980。

・元稹著、周相錄注，《元稹集校注》，上海古籍出版社，2011。
・陳寅恪，《元白詩箋證稿》，三聯，2012。

第六章　**天龍國之戀**

・上海古籍出版社編，《唐五代筆記小說大觀》，上海古籍出版社，2000。

第七章　**杜甫的護唇膏**

・王燾著、高文柱注，《外臺秘要方校注》，學苑出版社，2011。
・杜甫著、謝思煒注，《杜甫集校注》，上海古籍出版社，2016。

第八章　**上官婉兒與她的老闆們**

・陳弱水，《隱蔽的光景——唐代的婦女文化與家庭生活》，廣西師範大學出版社，2009。

‧鄭雅如，〈重探上官婉兒的死亡、平反與當代評價〉，《早期中國史研究》第四卷第一期。

‧耿慧玲，〈從神龍宮女墓誌看其在政變中之作用〉，《唐研究》第三卷，北京大學出版社，1997，221-247。

第十二章　**盛世遺音，唐代伶人往事**

‧毛水清，《唐代樂人考述》，東方出版社，2007。

第十三章　**龍女們的第二春**

‧薛愛華，《神女：唐代文學中的龍女與雨女》，上海：三聯書店，2014。

第十四章　**安祿山與沒有聲音的胡人們**

· de La Vaissière, Etienne. Histoire des marchands sogdiens, Paris: De Boccard, 2002.
（英譯版：de La Vaissière, Etienne. trans. by James Ward, Sogdian Traders: A History, Leidon: Brill, 2005.；中譯版：魏義天著、王睿譯，《粟特商人史》，桂林：廣西師大出版社，2012。）
· Pelliot, Paul. "Le'Cha-tcheou-tou-fou-t'ou-king'et la colonie sogdienne de la region du Lob Nor," Journal asiatique 1916, 111–23.（中譯版：伯希和〈沙州都督府圖經及蒲昌海康居聚落〉，《西域南海史地譯叢七編》，北京：中華書局，1957，25-29。）
· Marshak, Boris. Legends, Tales, and Fables in the Art of Sogdiana, New York: Biblotheca Persica Press, 2002.
· 張廣達，《文書、典籍與西域史地》，桂林：廣西師範大學出版社，

2008。
・張廣達，《文本、圖像與文化流傳》，桂林：廣西師範大學出版社，2008。
・森安孝夫編，《ソグドからウイグルへ—シルクロード東部の民族と文化の交流》，東京：汲古書院，2012。
・畢波，《中古中國的粟特胡人：以長安為中心》，北京：中國人民大學出版社，2011。
・陳海濤、劉惠琴，《來自文明十字路口的民族——唐代入華粟特人研究》，北京：商務印書館，2006。
・斯坦因著、向達譯，《西域考古記》，北京：商務印書館，2013。
・曾布川寛、吉田豐編，《ソグド人の美術と言語》，京都：臨川書店，2011。
・森部豐，《ソグド人の東方活動と東ユーラシア世界の歴史的展開》，大阪：關西大學出版部，2010。
・森部豐，《安禄山―「安史の乱」を起こしたソグド軍人》，東京：山川出版社，2013。
・榮新江，《中古中國與外來文明》，北京：三聯書店，2001。
・榮新江、張志清主編，《從撒馬爾干到長安：粟特人在中國的文化遺跡》，北京：北京圖書館出版社，2004。
・蔡鴻生，《唐代九姓胡與突厥文化》，北京：中華書局，1998。

Eurasian Publishing Group
圓神出版事業機構
用心與你對話．網野無限寬廣
圓神出版社
Eurasian Press
www.booklife.com.tw
reader@mail.eurasian.com.tw

圓神文叢 225

崩壞國文：長安水邊多魯蛇？唐代文學與它們的作者

作　　者／謝金魚
繪　　者／燕　王
發 行 人／簡志忠
出 版 者／圓神出版社有限公司
地　　址／台北市南京東路四段50號6樓之1
電　　話／（02）2579-6600．2579-8800．2570-3939
傳　　真／（02）2579-0338．2577-3220．2570-3636
總 編 輯／陳秋月
主　　編／吳靜怡
專案企畫／賴真真
責任編輯／周奕君
校　　對／周奕君．賴逸娟
美術編輯／林雅錚
行銷企畫／陳姵蒨．陳禹伶
印務統籌／劉鳳剛．高榮祥
監　　印／高榮祥
排　　版／莊寶鈴
經 銷 商／叩應股份有限公司
郵撥帳號／18707239
法律顧問／圓神出版事業機構法律顧問　蕭雄淋律師
印　　刷／國碩印前科技股份有限公司
2017年11月　初版
2024年5月　36刷

定價 360 元　　ISBN 978-986-133-636-7

本書試圖還原那些文學作品被寫作出來的現場，帶讀者透過書頁直擊所謂「國文」崩壞的那一瞬間，以及作者在那個時代的困難與掙扎。我不贊成單純地背誦或記憶文學，透過閱讀與理解，這些文學作品才有可能進入心中，在人生的不同時期從心底浮現，我們才能隔著時光的長河照見與自己相似的身影。

——《崩壞國文》

國家圖書館出版品預行編目資料

崩壞國文：長安水邊多魯蛇？唐代文學與它們的作者 / 謝金魚著. --
臺北市 : 圓神, 2017.11
288 面；14.8×20.8公分 --（圓神文叢；225）

ISBN 978-986-133-636-7（平裝）

855　　106016465